W9-BUI-192

WITHDRAWN
No longer the property of the
Boston Public Library.
Sale of this material benefits the Library

# A corazón abierto

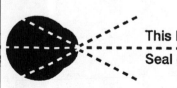

**This Large Print Book carries the Seal of Approval of N.A.V.H.**

Order Brown County /
52 Street Drive
Boston, MA 021(4-3708)/

# A corazón
# abierto

# Meagan
# McKinney

**Thorndike Press • Waterville, Maine**

Copyright © 2003 Ruth Goodman

Título original: The Cowboy Claims His Lady

Todos derechos reservados.

Todos los personajes de este libro son ficticios. Cualquier parecido con alguna persona, viva o muerta, es pura coincidencia.

Published in 2005 by arrangement with Harlequin Books S.A.
Publicado en 2005 en cooperación con Harlequin Books S.A.

Thorndike Press® Large Print Spanish.
Thorndike Press® La Impresión grande española.

The tree indicium is a trademark of Thorndike Press.
El símbolo del árbol es una marca registrada de Thorndike Press.

The text of this Large Print edition is unabridged.
El texto de ésta edición de La Impresión Grande está inabreviado.

Other aspects of the book may vary from the original edition.
Otros aspectros de éste libro podrían variar de la edición original.

Set in 16 pt. Plantin.
Impreso en 16 pt. Plantin.

Printed in the United States on permanent paper.
Impreso en los Estados Unidos en papel permanente.

**Library of Congress Cataloging-in-Publication Data**

McKinney, Meagan.
    [Cowboy claims his lady. English]
    A corazón abierto / by Meagan McKinney.
        p. cm. — (Thorndike Press large print Spanish)
    "Título original: The Cowboy Claims His Lady" — T.p. verso.
    ISBN 0-7862-7406-9 (lg. print : hc : alk. paper)
    1. Large type books.  I. Title.  II. Thorndike Press large print Spanish series.
    PS3563.C38168C6913 2005
    813′.54—dc22                             2004028356

FICTION

4/05

# A corazón abierto

# Capítulo uno

—¡VEN aquí y dale un abrazo a esta vieja vaquera!

Melynda Clay se echó a reír. Había oído aquella voz conocida antes incluso de mirar al otro lado de la terminal del pequeño aeropuerto de Mystery, Montana.

—¡Hazel!

Tirando de su maleta con ruedas, Lyndie se dirigió a aquella mujer menuda y mayor que ella que llevaba el pelo plateado elegantemente recogido. Su tía abuela seguía siendo tan extravagante como Lyndie recordaba. La atractiva y poderosa ganadera vestía unos vaqueros descoloridos remetidos en polvorientas botas camperas y un elegante sombrero vaquero con banda de cocodrilo.

—¿Qué tal está mi famosa tía? —le preguntó Lyndie entre risas mientras se abrazaban.

—¡Como una rosa! ¡Mejor que nunca!

«El aire limpio y fresco de la montaña es el responsable», se dijo Lyndie para sus adentros. Aquello era ciertamente lo opuesto a su vida reciente, siempre enfrascada en los libros de cuentas, comiéndose las uñas en la trastienda de su tiendecita del barrio francés de Nueva Orleáns.

—¡Vaya! ¡Deja que te mire! —exclamó Hazel, separando a Lyndie—. Tesoro, me encanta lo que te has hecho en el pelo. La última vez que te vi, acababas de graduarte en la universidad y llevabas el pelo prácticamente rapado, ¿te acuerdas?

—¿Que si me acuerdo? ¿Bromeas? ¡Pero si no parabas de preguntarme si me había enrolado en los marines!

—El pelo largo y las mechas rubias te sientan de maravilla con ese cutis de los McCallum que tienes —dijo Hazle con satisfacción, contemplando admirada a su sobrina nieta—. Has sacado los ojos azules como zafiros de mi padre. Dios mío, estás realmente preciosa.

Hazel achicó sus ojos azul grisáceo como si viera en ella más de lo que Lyndie hubiera querido. Lyndie se preguntó si su tía abuela estaría tomando nota de los signos de estrés crónico que acusaba su rostro, particularmente sus ojos «azules como zafiros», rodeados de oscuros cercos. Sus ojeras delataban los muchos días de incesante angustia y las numerosas noches de insomnio que había pasado.

—Bueno, vamos, señorita de ciudad —dijo Hazel, tomándola de la mano libre y tirando de ella hacia el aparcamiento—. He aparcado justo enfrente de la puerta. No esperes encontrar por aquí Jaguars con chófer. He traído mi viejo y polvoriento Cadillac con la rejilla llena de mosquitos y un par de cuernos de vaca adornando el capó.

—¿Jaguars con chófer? —repitió Lyndie, sorprendida—. Pero tía Hazel, a mí no me va tan bien.

—¡Oh, vamos, no seas modesta! Tu madre me ha dicho que estás a punto de abrir tu segunda tienda. Tu imperio de lencería se ha convertido prácticamente en un conglomerado empresarial. Estoy muy orgullosa de ti, cariño. Supongo que ahora hay dos auténticos genios para los negocios en la familia. Así que no permitas que esos vaqueros míos se burlen de ti despiadadamente por tus tiendas de ropa interior.

—«Todo por Milady» —contestó Lyndie, citando el texto del folleto publicitario que ella misma había escrito— «ofrece una línea completa de lencería íntima femenina, la moda más lujosa y actual para la mujer más exigente».

Hazel hizo girar los ojos.

—¡Oh, cielos! ¡Lencería íntima femenina! Eso mis vaqueros no lo han visto ni en pintura.

Salieron al exterior bañado por el sol del

atardecer de aquel hermoso día de junio. A Lyndie la sorprendió que, en efecto, tal y como había dicho, hubiera aparcado justo enfrente de la puerta. Su Cadillac Fleetwood canela y negro estaba estacionado a dos metros de la entrada principal. El pequeño aparcamiento estaba casi vacío.

—La única razón de que llamen «aeropuerto» a este descampado alquitranado —le informó Hazel a su sobrina nieta mientras metían el equipaje en el maletero— es que vienen algunos vuelos de Helena. Ahora estás en mitad de la nada, niña. Y yo diría que es justo lo que necesitas. Tu madre no deja de decirme que trabajas de sol a sol, siete días a la semana.

Lyndie logró esbozar una débil sonrisa.

—Me alegra estar aquí, tía Hazel, contigo. Pero confieso que no estoy tan segura respecto a tu rancho de vacaciones. Eso me inquieta un poco.

—¿Y se puede saber por qué?

—Bueno, ya sabes… No estoy de humor para codearme con una panda de turistas.

—¡Bah! ¡Tonterías! Además, Bruce os mantendrá tan ocupados que no os quedará mucho tiempo para hablar.

—¿Bruce? ¿Quién es Bruce?

—Sí, mujer, ¿no te acuerdas? Te hablé de él cuando me llamaste. Es el que entrena y cruza los caballos de todos los rancheros del valle de Mystery. En verano también lleva el rancho para turistas, de mayo a septiembre. Con ayuda, claro —a Lyndie le pareció ver un destello malévolo en los ojos de su tía cuando esta añadió—: Además, es uno de los solteros más codiciados del valle. Tiene ojos de donjuán, como solíamos decir las chicas de mi edad. A mí me recuerda a Gregory Peck en sus días de gloria.

—¡Oh, por favor!

Hazel la miró con fingido asombro.

—«Oh, por favor», ¿qué?

—Tía Hazel, sé perfectamente que detrás de esa carita inocente hay una mente que no deja de maquinar. Te dije que no vendría si pensabas convertirme en una de tus víctimas. Mamá me ha contado un montón de cosas sobre tus manejos amorosos, y ya te dije que no quería formar parte de...

—¿Manejos? ¿Qué manejos? —protestó Hazel—. Yo solo he... facilitado un romance o dos, tal vez, nada más...

—¿Así llamas tú a cuatro bodas en un año? Mi madre dice que hasta haces muescas para contarlas.

—Oh, ya conoces a Sarah —dijo Hazel con fastidio—. A tu madre siempre le ha gustado exagerar un poco.

—Sí, ya. En cualquier caso, a mí no inten-

11

tes «facilitarme» nada, ¿de acuerdo? Un poco de diversión, vale, estoy dispuesta a probarla. Pero, créeme, un romance, como tú dices, es lo último que necesito.

—Bueno, no hace falta que te pongas así —le reprendió Hazel—. Yo solo he dicho que Bruce es muy guapo, y vas tú y entras en erupción como el Vesubio.

—Lo siento —suspiró Lyndie, preguntándose si se habría excedido. Últimamente tendía a hacerlo.

Hazel siguió parloteando acerca del rancho de vacaciones Mystery mientras Lyndie intentaba prestarle atención. Fuera, la luz cegadora de la tarde iba adquiriendo los dulces tonos del atardecer. Los blancos retazos de nubes que vagaban por el cielo azul y las majestuosas montañas formaban una vista del Oeste propia de una postal. Mystery, Montana, era de una belleza natural auténticamente sublime.

De pronto, Lyndie se dio cuenta de que Hazel le había hecho una pregunta.

—Perdona, ¿qué has dicho, tía Hazel?

—He dicho que el rancho está de camino a mi casa. Como de todos modos mañana te vas allí, ¿por qué no nos pasamos ahora y dejamos las maletas en tu habitación? Es casi hora de cenar y Bruce ya habrá vuelto. Así podrás conocerlo —Lyndie le lanzó una mirada suspicaz—. Nada de trucos de casamentera —le aseguró Hazel—. De veras. Solo quiero que le eches un vistazo al sitio, nada más.

—De acuerdo —dijo Lyndie, animándose un poco—. Tienes razón. Así no tendremos que andar sacando y metiendo las maletas innecesariamente.

Una sonrisa iluminó el rostro agrietado por la intemperie de Hazel.

—¡Así me gusta! Tal vez incluso podamos elegirte un caballo —a Lyndie le pareció notar de nuevo aquel brillo malévolo en la mirada de su tía cuando esta añadió—: Si hay algo para lo que Bruce Everett tiene buen ojo, es para los caballos.

Como si solo recordara aquel lugar en sueños, Lyndie se dio cuenta de pronto de que había olvidado lo hermoso que era el valle de Mystery, con su rompecabezas de verdes pastos y campos de labor que salían como radios del centro de una rueda formada por la pequeña ciudad de Mystery, cuya población ascendía a cuatro mil habitantes. Diez minutos después de penetrar en el valle a través del sinuoso paso de montaña, Hazel desvió su Cadillac hacia un camino de tierra que llevaba a un rancho mucho más pequeño que el suyo, el Lazy M, que dominaba el valle.

—Mira, ahí está Bruce —dijo Hazel, tocando el claxon mientras paraba el coche frente a un pilón de piedra alargado.

Junto a un gran corral rodeado por una empalizada había un grupo de personas de ambos sexos y diversas edades, la mayoría de las cuales tenían, al igual que Lyndie, el inconfundible aspecto de los habitantes de las grandes ciudades. Aquellas personas estaban mirando algo... o a alguien. El Cadillac avanzó unos cuantos metros y Lyndie pudo ver a un hombre alto, atlético y tostado por el sol que, al parecer, estaba enseñándole a aquella gente cómo se apretaba una cincha, utilizando para ello un caballo alazán de prominente pecho.

—Este es el segundo grupo de la temporada —le explicó Hazel mientras ambas salían del coche—. Bruce tiene un grupo nuevo cada tres semanas. Así no hay nadie que se quede rezagado.

Bruce Everett sonrió y saludó a Hazel agitando la mano, se excusó ante el grupo y se acercó a las recién llegadas.

Incluso desde la distancia que los separaba, Lyndie notó que era, en efecto, muy guapo y, sin embargo, experimentó casi una reacción adversa hacia su propia atracción, y no pudo evitar pensar en la vieja perogrullada: «gato escaldado, del agua fría huye».

—¡Eh, Hazel, condenada cuatrera! —gritó él alegremente—. ¿Qué vienes a robarme ahora?

—¿Yo, a robarte? Tú eres quien le roba caballos con esparaván a las viejecitas indefensas.

Durante este intercambio de cariñosos insultos, él recorrió rápidamente con la mirada a Lyndie. Por alguna razón, Lyndie recordó el comentario de Hazel acerca de su buen ojo para los caballos.

—Bruce Everett —dijo Hazel, haciendo las presentaciones—, esta es mi sobrina nieta de Nueva Orleáns, Melynda Clay, aunque todo el mundo la llama Lyndie. No distingue un caballo de una alubia, pero espero que tú le pongas remedio a eso durante las próximas semanas.

—Seguro que podremos hacer de ella una auténtica vaquera —le aseguró él a Hazel—. Encantado de conocerte, Lyndie.

Sus dientes blancos y fuertes brillaron en una sonrisa lobuna, y Lyndie experimentó una vaga y desagradable sensación de haber vivido ya aquel momento. Aquel hombre poseía una confianza en sí mismo que rayaba la arrogancia y que recordaba a los aires que se daba Mitch, el ex marido de Lyndie. Pero mientras que Mitch era todo apariencia sin nada de sustancia, algo le decía a Lyndie que tuviera cuidado con aquel vaquero. Tal vez resultara ser lo que aparentaba.

La mirada de Bruce la dejó paralizada. De pronto, irritada consigo misma, le lanzó una sonrisa helada y displicente y desvió la mirada hacia los caballos que había en el corral, junto a la espaciosa casa de piedra del rancho. Confiaba en que su desdén resultara evidente.

—Lo mismo digo —dijo con aspereza e indiferencia, sin apartar la mirada del corral.

—Ya me parecía —le pareció a Lyndie que mascullaba él.

Hazel alzó la voz y sugirió alegremente:

—Bruce, tal vez podríais elegir el caballo de Lyndie ya que está aquí.

Juntos se acercaron al corral.

—Esa pequeña yegua baya con las patas blancas es una de mis favoritas —le dijo él a Lyndie—. Por supuesto, todos son buenos. No son precisamente caballos de doma, pero son mansos y fiables. Van bien.

Lyndie se arriesgó a echarle un vistazo más largo. Él se había quitado el sombrero y un mechón de pelo negro como el azabache le caía sobre la frente. Los ojos que la observaban eran del color de la escarcha. No, no tenía los rasgos de Mitch. Pero su sonrisa seductora y su aplomo le recordaban las cualidades por las que se había enamorado locamente de Mitch. Y con solo recordar a su ex marido le ardía la sangre.

—¿Adónde van bien? —preguntó ella con aspereza.

Él le lanzó una mirada inquisitiva a Hazel.

—A donde yo los llevo —replicó él, poniendo un ligero énfasis en el «yo».

Hazel, cuya expresión delataba lo poco que le gustaba el cariz que estaba tomando la conversación, volvió a intervenir.

—¿Sabes, cariño?, acabo de acordarme de que debes de estar agotada del viaje. Puedes elegir tu caballo mañana. ¿Por qué no le echamos un vistazo rápido a tu habitación y nos vamos al Lazy M?

—Ese es justo el bálsamo que necesito —dijo Lyndie.

Bruce pareció querer añadir algo acerca del bálsamo que él le daría si estuviera en su mano, pero afortunadamente solo dijo:

—Por aquí —y las condujo hacia un edificio de madera de escasa altura que se levantaba entre la casa principal y la hilera de cuadras.

—Este es el barracón —abrió una puerta—. El edificio ha sido remodelado y ahora hay habitaciones privadas. Como verás, son

17

muy sencillas, pero están limpias como la patena. Y hay muchísima agua caliente.

Lyndie entró en la habitación. Su traje pantalón negro, de corte italiano, parecía absolutamente fuera de lugar junto a la cama de troncos toscamente lijados y la estera que cubría el suelo. Ya se sentía como un pez fuera del agua, pero aquella sensación se agudizó cuando, al darse la vuelta, se topó con la mirada de halcón del vaquero.

Resultaba imposible interpretar su expresión. Era como Mitch: un mensaje en clave. Sin embargo, a Lyndie le pareció advertir una sonrisa irónica en sus labios, como si él también notara el contraste entre aquella sencilla habitación y su apariencia.

Azorada, Lyndie pasó la mano por la gruesa y áspera manta de lana de la cama.

—Bueno, no esperaba el Ritz, así que supongo que esto servirá para sus propósitos —dijo desdeñosamente.

Los ojos grises de Bruce se iluminaron con un destello irónico.

—Para mis propósitos siempre ha servido de perlas.

A Hazel le dio un ataque de tos.

—Cielos, no sé qué me ha pasado —se disculpó cuando se le pasó el ataque.

—Creo que… que voy a traer mi maleta —dijo Lyndie.

—Deja que te ayude —se ofreció él.

—Gracias, pero puedo apañármelas —le aseguró ella, saliendo sin darse la vuelta para mirarlo.

Él se quedó mirándola hasta que dobló la esquina.

—Vaya, ni que fuera de puro satén —masculló en voz baja.

Hazel sonrió.

—Lo es —él alzó una ceja—. Tiene una tienda de lencería, ¿recuerdas?

Él le devolvió la sonrisa.

—Ah, sí. Bueno, pues o tiene un alto concepto de sí misma, o una opinión muy pobre del resto del mundo.

—Ni una cosa ni otra —insistió Hazel—. Es una chica estupenda. Dale un poco de tiempo, nada más.

Bruce esbozó una sonrisa burlona. El gris de sus ojos se hizo más intenso.

—¿Sabes qué, Hazel?, puede que tenga la nariz un poquito respingona, pero el resto de ella está muy pero que muy bien.

—Buen chico —dijo Hazel—. Tú sigue pensando así, y más tarde o más temprano las cosas se pondrán… interesantes.

Él achicó los ojos.

—¿Interesantes? Eh, Hazel, que yo solo llevo el rancho y procuro llevarme bien con la gente que viene. No tengo ningún interés ulterior en tu sobrina.

—Pues más te vale que lo vayas teniendo —dijo Hazel. Él se quedó boquiabierto. Pero, antes de que pudiera responder, Hazel añadió—: ¡Calla! Aquí viene.

—¿Se puede saber qué demonios estás tramando? —masculló él.

—Lo de siempre —susurró ella, disimulando una sonrisa—. Solo lo de siempre.

# Capítulo dos

**M**IENTRAS arrastraba la maleta con ruedas por el camino de tierra en dirección al barracón, Lyndie empezó a preguntarse dónde se había metido.

Un par de semanas antes, en el sofocante barrio francés de Nueva Orleáns, pasar un par de semanas de vacaciones en un rancho para turistas le había parecido una idea excelente. Ahora ya no se lo parecía tanto. Ahora, con sus elegantes zapatos de tacón alto, tenía que vérselas con un camino apisonado por los cascos de los caballos y con el traicionero mapa de carreteras de cierto señor Everett.

Everett le había causado una impresión mucho más profunda de lo que ella quería admitir. Su mirada morosa, de pesadas pestañas, había encendido dentro de ella algo que, muy a su pesar, parecía deseo. Sin embargo, no estaba dispuesta a recorrer de nuevo aquella autopista hacia el infierno. Ni ahora, ni nunca. La lencería fina estaba muy bien para mujeres casadas o para las chicas solteras y sin compromisos, pero ella era una mujer de negocios, y las prendas que vendía no eran más que el producto con el que ne-

21

gociaba. Eran los pertrechos de un mundo que no era el suyo.

—Señorita —dijo una voz profunda junto a su oído.

Él había aparecido a su lado como por arte de encantamiento. Lyndie se volvió y vio los ojos gris hielo de Bruce Everett. Él agarró la maleta y se la echó al hombro sin esfuerzo, como si fuera su silla preferida.

—No es necesario, de verdad, puedo yo sola —balbució ella, siguiéndolo como una colegiala.

—Por lo que me ha dicho Hazel, tengo la impresión de que tú sola puedes prácticamente con todo —respondió él hoscamente.

Se volvió y sus ojos se encontraron. Ella se quedó de nuevo helada por su mirada. Hazel apareció en la puerta del barracón, sonriendo.

—Esta noche hay baile al viejo estilo en la taberna de Mystery. ¿Vas a ir, Bruce?

Lyndie se estremeció para sus adentros. De pronto se sentía como si estuviera en el instituto, esperando que un chico la invitara a bailar por primera vez. Y no aparecía ninguno.

—Ya sabes que a mí me tira el monte, no la taberna, Hazel —respondió él con aspereza.

La tía abuela de Lyndie soltó un soplido.

—Antes de lo de Katherine, frecuentabas

mucho la taberna. Y ya va siendo hora de que salgas otra vez.

A Lyndie le pareció que Bruce Everett le lanzaba a Hazel una de esas miradas congeladas que ella empezaba a reconocer. Pero a Hazel nadie le paraba los pies. Hazel era la matriarca de Mystery, Montana.

La familia McCallum, cuyos orígenes se remontaban al siglo pasado, había colonizado el valle en toda su extensión. Entre los ganaderos, el nombre de los McCallum era como el toque del rey Midas. Incluso Lyndie sabía lo persuasiva que podía ser su tía abuela. En medio de un periodo de expansión financiera y crisis fiscal, a ella la había incitado a dejarlo todo para pasar tres semanas en un rancho para turistas, y eso que ella ni siquiera sabía montar a caballo.

—Nos veremos en el baile —declaró Hazel.

Bruce se quedó parado y observó fijamente a las dos mujeres con la pesada maleta de Lyndie todavía cargada al hombro.

—Madre mía, si las miradas mataran... —murmuró Lyndie en cuando estuvo de nuevo en el interior del Cadillac de Hazel, lejos de la mirada y el oído de Bruce Everett.

—Solo necesita un empujoncito, nada más.

Lyndie miró a su tía abuela.

—Hazel, ya te he dicho que nada de teje-
manejes. Te aseguro que no me hacen falta,
sobre todo teniendo en cuenta que me con-
venciste de que viniera aquí para tomarme
un descanso. Y, además, Bruce Everett está
colgado de esa tal Katherine y está claro que
no necesita que ninguna mujer se le eche
encima.

—Lo que le hace falta es quitarse de la
cabeza a Katherine. Ese asunto no fue culpa
suya. Ella era una necia muy testaruda. No
había forma de enseñarle a respetar a un
caballo. Y me da igual que fuera tan guapa.
¿Qué se le ha perdido a Bruce con una mujer
que no sabe respetar a un caballo? —dijo
Hazel malévolamente.

—Estoy totalmente perpleja. ¿Qué tiene
eso que ver conmigo? —preguntó Lyndie—.
Porque déjame decirte que yo sí que respeto
a los caballos. A decir verdad, los respeto
tanto que me dan un miedo atroz. Así que
deja que Katherine y Bruce arreglen sus
asuntos sin meterme a mí por medio.

—Bruce tiene que ir esta noche al baile y
mover un poco el esqueleto. Le sentará bien.
Antes era el auténtico donjuán de Mystery. Y,
créeme, las damas no se quejaban.

Lyndie dejó escapar un cansino suspiro.

—Sé perfectamente a qué te refieres, Hazel,
pero este donjuán en particular por mí que

se lo quede Katherine.

—Katherine está muerta —Lyndie la miró asombrada—. Sí —prosiguió Hazel—. Murió en el monte, con Bruce. Se decía que él estaba enamorado de ella. Incluso había rumores de boda. Pero, como te decía, Katherine no sentía ningún respeto por los caballos. Le parecía que no eran mejores que los hombres, que siempre estaban a su disposición. Cuando el puma atacó, ella no comprendió que estaba protegiendo a su camada. Ignoró todas las advertencias de su montura y, en mi opinión, por eso la tiró el caballo y encontró la muerte en ese precipicio.

Lyndie sintió un golpe en el estómago. De pronto sintió compasión por Bruce, algo que se había jurado a sí misma no volver a sentir por un hombre.

—No imaginaba algo así —dijo suavemente—. Dios mío, qué mal lo habrá pasado Bruce.

—Sí. Sobre todo, porque es de esos hombres a los que les gusta tenerlo todo bajo control —dijo Hazel solemnemente.

—Tal vez deberías dejarlo en paz, Hazel. A fin de cuentas, seguramente se sentirá culpable y…

—¿Culpable? ¿Y por qué iba a sentirse culpable? No fue culpa suya. El caballo se detuvo y empezó a relinchar. Ella no debió forzar al pobre animal. Pero esa Katherine era de las que nunca aceptan un no por respuesta, y obligó a ese pobre animal asustado a precipitarse hacia su muerte y la de ella.

—Qué horror. No me extraña que Bruce sea tan frío.

—Antes no era así. Pero ahora se pasa la vida castigándose.

—Es terrible.

Hazel respiró hondo mientras conducía el Cadillac por los polvorientos caminos de grava en dirección a su rancho. De vez en cuando, le lanzaba a Lyndie una mirada penetrante.

—A ti tiene que darte igual que Bruce Everett se haya curado o no. La cuestión es que trabaja demasiado. Es como si estuviera huyendo de algo. Y yo solo quiero asegurarme de que se toma un respiro y sale un poco por ahí a divertirse, nada más. El éxito es inútil si uno no puede pasárselo bien de vez en cuando.

Lyndie se quedó pensativa, reflexionando sobre su propia situación. Su divorcio había sido de dominio público y extremadamente humillante, pero peor aún era la inexpresable conmoción que le había producido la traición de Mitch, el repentino descubrimiento de que su «encantador y amante esposo» no solo llevaba años robándole dinero, sino que además utilizaba sus fondos para mantener a su amante. Engañar a su esposa, traicionar sus votos nupciales y la confianza de Lyndie, todo ello no había significado más para Mitch que matar una mosca.

De pronto, sintiendo la necesidad de confesarse con Hazel, dijo:

—¿Sabes, Hazel?, yo antes no trabajaba como una esclava. Solía divertirme, pero ahora... en fin, supongo que se me han quitado las ganas. Creo comprender lo que siente Bruce Everett. Últimamente, para mí el trabajo se ha convertido en el único antídoto que funciona, ¿comprendes? A veces creo que, después de pasar por el divorcio, el «infierno» es un concepto redundante.

Hazel la miró de nuevo inquisitivamente y luego asintió.

—Tienes que olvidarte de eso, ¿me oyes, tesoro? Lo hecho, hecho está, y ya no puede cambiarse. Acuérdate que antes la gente venía al Oeste a empezar de cero. A partir de ahora tienes que pensar en el mañana. Y unas semanas en el rancho es justo lo que necesitas.

A pesar del impresionante panorama que ofrecía el verano, Lyndie volvió a sentir frío por dentro al recordar una imagen muy diferente y mucho más fea del último otoño en Nueva Orleáns. Había regresado a casa inesperadamente de un viaje de negocios a Manhattan. Nada la había preparado para sufrir la conmoción que supuso abrir la puerta de su casa y ver al hombre al que amaba desnudo y sacudido por los dulces estertores del orgasmo con una mujer cuya existencia ella ni siquiera sospechaba.

Durante los arduos meses siguientes, Lyndie había procurado con todas sus fuerzas quitarse esa imagen de la cabeza, intentando concentrarse en las cosas buenas de su vida y desterrar las malas. Pero el divorcio de su madre le había dejado cicatrices indelebles. De alguna forma, el trabajo le parecía el único modo de recuperarse. Por lo menos, ella no se quedaría en la ruina, como le había pasado a su madre cuando su padre se largó con una mujer más joven. Su madre se había quedado desvalida, sin oficio, ni trabajo, y con una niña de cinco años a la que criar. Para Lyndie, el trabajo era un modo de restañar su orgullo, como lo había sido para su madre volver a la escuela y rehusar el dinero de los McCallum para criar a su hija.

Sin embargo, por más que lo intentaba, a Lyndie le parecía que los malos pensamientos siempre le ganaban la partida. Los «buenos momentos» que había compartido con Mitch le parecían ya una neblina informe en el recuerdo, mientras que los límites afilados de la fealdad del divorcio seguían causándole un profundo dolor.

«Tienes que dejar de pensar así», se dijo, «o este viaje no servirá de nada».

—He dicho que si se te ha comido la lengua el gato. Cielos, cuando eras pequeña todo el mundo te llamaba «riachuelo» porque borboteabas y hablabas tan deprisa como el agua pendiente abajo.

Lyndie esbozó una sonrisa.

—Lo había olvidado.

A pesar de sus esfuerzos por mantener el aplomo, Lyndie sintió el consabido aguijón de las lágrimas contenidas. A pesar de que Hazel la miraba, se dejó vencer momentáneamente y una lágrima se deslizó por su mejilla.

—Cariño —dijo Hazel suavemente—, dicen que el mejor modo de curar un forúnculo es sajarlo. Si quieres hablar de algo, de lo que sea, no tienes más que decirlo, ¿me oyes? Soy una vieja pesada, es cierto, pero también sé escuchar.

—Estoy bien —balbució Lyndie, enjugándose con determinación la lágrima—. Siento haberme puesto a llorar. Te aseguro que no he venido para pasarme el día cabizbaja y llorosa.

—Guárdate esas disculpas para quien no te quiera. A ti lo que te hace falta es distraerte. Pero no creas que quiero emparejarte con Bruce Everett. No es eso. Para Bruce, tengo mis propios propósitos. Solo quiero que saque a la luz otra vez el donjuán que lleva dentro. Y, dado que yo ya tengo cierta edad, no puedo hacerlo yo misma, así que tendré que apañármelas para que las chicas del baile intenten animarlo un poco.

Lyndie no pudo disimular una sonrisa.

—¿Desde cuándo te descartas a ti misma por la edad?

Hazel sonrió.

—Tienes razón. Puede que sea vieja, pero no estoy muerta. Y ese Bruce Everett es un trozo de solomillo que sería una pena desperdiciar.

Lyndie se encogió de hombros.

—Supongo que es una pena que yo sea vegetariana.

—Por ahora —dijo Hazel, y pisó el acelerador.


La habitación de Lyndie en el Lazy M era tan lujosa como la de un hotel de cinco estrellas, pero, por fortuna, carente de pretensiones. Lyndie hundió los dedos en la gruesa alfombra Tabriz, se miró en el espejo de pino labrado a mano y se preguntó si podría pasar por una nativa de Montana.

Se había puesto las botas camperas de su tía abuela, las que Hazel se ponía todos los días, como demostraban sus arañazos cubiertos de barro, y llevaba también unos vaqueros y una sencilla camiseta de algodón blanca. La transformación le parecía completa hasta que Hazel llamó a la puerta y le dio un sombrero negro de chica y unos largos pendientes de turquesas.

—Ahora estás lista para el baile —declaró Hazel, calándose su Stetson hecho a mano.

—Lástima que Mitch no esté aquí —masculló Lyndie de camino al Cadillac—. Me gustaría pisotearlo mientras bailo.

El baile se celebraba en la vieja taberna de Mystery, cuya construcción databa de alrededor de 1910. Había cola para entrar, pero en cuanto el Cadillac se detuvo, un joven muy flaco con sombrero blanco de vaquero le abrió la puerta a Hazel, ayudó a bajar a la célebre ganadera y de inmediato fue a aparcar el coche.

—Eres toda una celebridad —dijo Lyndie mientras la gente se apartaba para dejarlas pasar.

—Cuando se es más vieja que Dios, la gente te sigue la corriente —dijo Hazel, haciéndole un guiño.

Lyndie sonrió y dijo:

—Sí, ya.

La banda ya estaba tocando un baile vaquero de dos pasos. El local estaba repleto de parejas que se divertían, y Lyndie de pronto se sintió sola. Para quitarse aquella idea de la cabeza, jugó a hacerse la turista. Observó el exquisito artesonado de madera de abeto y quedó impresionada al ver la pista de baile de tarima de roble, pulida hasta parecer una pista de hielo por el roce de las botas camperas durante casi un siglo.

—Allá donde fueres... —dijo Hazel, dándole un vaso que acababa de servirle el camarero.

Lyndie dio un sorbo y empezó a toser.

—¡Esto es whisky!

—Como te decía, querida, allá donde fueres, haz lo que vieres —repitió Hazel, sonriendo malévolamente.

—Es que no suelo beber... —Lyndie probó otro trago. El siguiente no le supo tan mal.

—Querida, lo que no mata, hace más fuerte.

—Sí, lo sé. Pero yo ya estoy harta de tener que ser fuerte.

Hazel le lanzó otra mirada pícara.

—Para eso estás aquí esta noche. Esta noche, no tienes por qué ser fuerte. Suéltate un poco la melena y... ¡Ay, hablando del rey de Roma...! ¡Ahí está Bruce Everett!

Lyndie miró al otro lado de la pista llena

de gente. Vio a Bruce entre la neblina del humo, apoyado en la barra como un pistolero. Esa tarde, al conocerlo, le había parecido alto, pero al verlo entre la gente se lo pareció aún más.

—¡Mira! ¡Nos ha visto! ¡Viene hacia aquí! —exclamó Hazel entusiasmada.

De pronto, a Lyndie el whisky empezó a saberle de maravilla. Otro trago y estaba lista para encontrarse con aquellos ojos plateados.

—Señorita Clay, Hazel —dijo él, llevándose la mano al ala del sombrero negro de vaquero.

—¿Qué haces que no estás en la pista, dando taconazos? —preguntó Hazel.

—Te estaba esperando —dijo él y, tomándola del brazo, la condujo a la pista.

Lyndie los observó mientras bailaban. Bruce y su tía bailaban como si llevaran toda la vida haciéndolo. Mientras giraban y reían por la pista llena de gente, ella siguió aferrada a su whisky. Empezaba a sentirse osada e inquieta a cada segundo que pasaba. ¿Y para eso se había ido de vacaciones? Debería haberse quedado en su casa. Era menos duro para su ego pasarse el día inclinada sobre sus libros que apretujada en un bar, esperando que algún vaquero la sacara a bailar.

Bruce acompañó de nuevo a Hazel hasta

la barandilla de madera que separaba el bar de la pista de baile. Lyndie se apoyó contra la barandilla, esperando el momento en que la sacaría a bailar. No sabía bailar a dos pasos pero de repente tenía ganas de intentarlo. Notó que Bruce le decía algo al oído a Hazel. La ganadera se echó a reír. Luego, él se fue como un enigmático pistolero que se disipara en la niebla.

—En fin, me está bien empleado —masculló Lyndie.

—¿Qué dices, querida? —preguntó Hazel.

—Nada.

Hazel miró con sorpresa el vaso vacío de Lyndie.

—¡Vaya, te has quedado seca! —se alejó hacia la barra antes de que Lyndie pudiera impedírselo.

Pasó otra hora antes de que volviera a ver a Bruce Everett. Lo vio bailando en la pista con una morena que se le echaba encima sin ningún pudor.

—¿No te parece que es un poco joven para él? —masculló sobre su vaso.

—¿Quién?

Lyndie iba a señalar a Bruce, pero el vals se había acabado y la banda acometió un baile vaquero.

—¿Bailas?

Ella alzó los ojos y vio que Bruce estaba a

su lado, mirándola con expresión inquisitiva. Lyndie tardó un momento en darse cuenta de lo que había hecho Hazel. La famosa ganadera debía de haber adivinado que, tras pasarse una hora mirando bailar a las parejas y luego de haberse echado al coleto un par de tragos, Lyndie estaría ligeramente beoda y hasta deseando que le pidieran bailar.

«No seas paranoica», se dijo mientras tomaba a Bruce del brazo.

En la pista le costó seguirlo. Luego, de pronto, exclamó:

—¡Ya lo tengo! ¡En realidad, son tres pasos, no dos!

Él se echó a reír. Sus dientes eran muy blancos. Al verlos, Lyndie se estremeció.

—Ya le vas pillando el truco —sonrió él.

—La verdad es que es divertido —confesó ella.

—Pues claro que sí. Si no, ¿para qué íbamos a bailar?

Ella alzó la mirada y notó su mirada bajo la sombra del ala baja del sombrero.

—Será mejor que tenga cuidado —dijo en broma—. Una se acostumbra enseguida a divertirse y se olvida de trabajar.

—¿Y por qué trabajas tanto? Pensaba que eras tu propia jefa.

—Por eso precisamente trabajo tanto. Estoy ampliando el negocio y no encuentro socio capitalista, así que me está costando mucho esfuerzo encontrar financiación y... —soltó una risita y se tapó la boca con la mano—. Perdona, no quiero aburrirte.

—No me aburres —dijo él, sin dejar de mirarla.

Ella se echó a reír en voz alta.

—Pero es todo muy técnico. No entenderás nada.

—Puede que no haya estudiado Gestión y Administración de Empresas en una de esas elegantes universidades de la costa este, pero algo entiendo de...

Ella le puso la mano en la boca. Él intentó contener su enfado y tensó los labios, y Lyndie se preguntó cómo sería borrarle el enojo de la boca a besos.

—Mira, no quiero que te enfades. Estoy aquí de vacaciones. Para divertirme. Así que, vamos a divertirnos.

Él la hizo girar de nuevo alrededor de la pista antes de volver a hablar.

—¿De veras quieres divertirte? —parecía haber estado sopesando una idea durante un rato y haberse decidido al fin.

—Claro —dijo ella alegremente.

—¿Has visto el viejo molino de maíz?

—Creo que nunca he visto un molino de maíz... y menos aún el de Mystery.

—Entonces, vamos —él dejó de bailar y la

tomó de la mano.

El whisky debía de haberla afectado de verdad, porque de pronto Lyndie se oyó decir:

—¿Y qué hacéis en el molino?

—Bañarnos desnudos —respondió él.

Ella se tomó la noticia con más calma de la que esperaba.

—Pero tú no lo entiendes, yo no puedo...

Él la detuvo.

—Claro que puedes. Solo tienes que quitarte la ropa y saltar. Es muy fácil.

—¿Quitarme la ropa? —repitió ella, aturdida—. No creo que pueda quitarme la...

—Eh, vamos, que eres la reina de la lencería. Pensaba que te gustaría exhibir tu mercancía —contestó él.

—El hecho de que venda lencería no significa que vaya por ahí...

—Claro que sí —insistió él suavemente y, agarrándola del brazo, la llevó hacia la puerta.

—Claro que no —contestó ella, pero se dejó llevar.

—Entonces, te ofrezco un trato. Te dejo que te dejes puesto todo lo que vendes en la tienda.

—Pues te vas a llevar un buen chasco, porque yo solo me pongo ropa interior de color beige y siempre la más cómoda. Las virguerías se las dejo a las clientas.

Él pareció contener una sonrisa.

—Yo soy un vaquero, señorita. Me gustan las cosas sencillas. En realidad, preferiría que te quedaras como Dios te trajo al mundo y...

—Eso ni lo sueñes —dijo ella.

Él sonrió.

—Entonces, tendré que conformarme con esa ropa interior tan cómoda y de color beige. Además, tienes que considerarlo en términos publicitarios. Hazlo por el negocio. Exhibir la mercancía atrae a los clientes.

Ella no supo qué contestar. Bruce la enlazó por la cintura y un instante después se hallaron fuera del local.

—¿No crees que debería haberle dicho a Hazel adónde íbamos? —preguntó antes de montarse en una vieja camioneta de color rojo descolorido.

—Tú nunca has vivido en un pueblo, ¿no? —dijo él, sentándose tras el volante.

—No —respondió ella con más brío del necesario.

—Pues créeme, todo el mundo, incluyendo Hazel, sabe que vamos al molino.

—¿Y eso cómo puede ser? —murmuró ella, estupefacta—. ¿Es que tienen teléfonos móviles y yo no los he visto?

—No los necesitan. Tenemos a Hazel McCallum, y aquí todo el mundo le cuenta a Hazel lo que pasa en el pueblo. Y, si le concierne a ella, más aún —él sonrió como un depredador y dijo—: Bueno, ¿estás lista?

Ella lo miró en la oscuridad. De pronto le dieron ganas de echar a correr.

—Supongo —musitó, preguntándose qué locura le había entrado de repente.

—Solo hago esto porque Hazel confía en ti. Porque yo, que lo sepas, nunca me voy con extraños —farfulló Lyndie mientras la camioneta avanzaba zarandeándose por el camino de montaña sin pavimentar.

—Yo no soy un extraño —dijo Bruce—. Pregúntale a Hazel.

—Hazel dice que antes eras el terror de las chicas. Y hasta yo, que soy de ciudad, sé lo que eso significa.

—De eso hace mucho tiempo —dijo él casi susurrando.

—Sí, eso también me lo dijo Hazel.

El silencio se apoderó de la cabina de la camioneta. Era tan denso y opresivo que Lyndie se alegró de que la silueta del molino apareciera al fin en la cima de la colina.

—Hemos llegado.

Bruce detuvo el coche junto a un edificio de piedra rústica. Un pequeño rio desembocaba junto a él, haciendo girar la noria. Bajo esta había una amplia e incitante poza sobre la que rielaba la luz opalescente de la luna.

Lyndie abrió la puerta de la camioneta y salió. De pronto, el crujido de la noria y el chapaleo del agua le pusieron los nervios de punta. Al igual que el hombre alto que permanecía junto a ella.

—¿Y… y qué hacéis aquí? —preguntó con voz áspera.

—Nadar. Espera, te lo enseñaré.

Bruce se sacó la camisa que llevaba remetida en los pantalones y se la quitó por la cabeza. A la luz de la luna, Lyndie vio los músculos prominentes de su pecho. Había también un ligero reguero de vello negro que se estrechaba allí donde sus músculos abdominales formaban una parrilla y desaparecía bajo la cinturilla del pantalón. Cuando él echó mano al botón de los vaqueros, ella levantó una mano.

—Si yo voy a hacer un pase de lencería, tú también. Déjatelos puestos —le ordenó, señalando los calzoncillos blancos que se le veían por la bragueta abierta.

—¿Seguro que nunca has hecho esto? —preguntó él, sonriendo.

Ella asintió.

—Seguro.

Bruce se quitó el sombrero y las botas y al fin se quedó con los calzoncillos puestos y los brazos cruzados, como si esperaba impaciente que ella lo siguiera.

Lyndie sintió un nudo de ansiedad en la garganta, pero el whisky le susurró al oído que no se había vuelto tarumba y que era perfectamente normal darse un baño con un hombre al que había conocido esa tarde.

—Qué demonios, estamos en el campo, ¿no? ¿Qué hay de malo en volver a la naturaleza si estoy de vacaciones? —masculló, quitándose el sombrero.

—Así me gusta —la animó él.

—Pero voy a dejarme la camiseta puesta —dijo ella.

A él le pareció de perlas.

—Por supuesto. No faltaría más.

Ella bajó los ojos y se miró. Si se dejaba puesta la camiseta, sería peor aún, o mejor, dependiendo de la perspectiva, que si se quedaba desnuda. Sin embargo, su sentido del pudor no le permitió quitársela.

—¿Sabes?, creo que me estás tendiendo una trampa —dijo con recelo.

—¿Yo? ¿Por qué? —le susurró él al oído y, tomándola de la mano, la atrajo hacia sí y ambos cayeron al agua del estanque.

—¡Se...se...serás idiota! —tartamudeó ella, jadeando al sentir el intenso frío del agua procedente del deshielo de las Montañas Rocosas.

41

—Será mejor que te muevas —contestó él.

Enfurecida, ella intentó hundirle la cabeza. Él se echó a reír y hasta dejó que le hiciera un par de ahogadillas como si así ella pudiera disipar su rabia.

—A que no haces esto —Bruce se acercó nadando a la noria y, agarrándose a una de sus aspas, dejó que lo levantara un par de metros por encima del agua. Luego, se tiró al estanque como desde un trampolín.

—¿Que no? —dijo ella, aceptando el desafío. Estaba tiritando y se comportaba como una niña, pero debía reconocer que hacía mucho tiempo que no se sentía tan libre.

Se agarró a un aspa de la noria. Tras un par de segundos, se apartó de ella con un impulso y cayó en el agua oscura y fría. Cuando volvió a emerger, gritó, riendo:

—¡Madre mía! ¡Está helada!

Bruce se acercó a ella y le rodeó el talle con los brazos. Su torso era como un hierro al rojo vivo, pero a Lyndie le sentó bien su calor.

—¿Es así como ligas con todas esas chicas? ¿Dejándolas en estado de hipotermia? —dijo ella.

—No —contestó él, mirándola mientras se deslizaban por el agua—. El whisky siempre me daba buenos resultados. Pero me imaginaba que tú eras un potro difícil de domar.

—¡Ja! —Lyndie le hundió la cabeza en el agua y se alejó nadando. Volvió a agarrarse a la noria, esta vez más tiempo, y se zambulló de nuevo—. ¿Sabes? —dijo alegremente, nadando de espaldas—, esto es muy divertido. Hasta me estoy acostumbrado a la temperatura del agua.

—Por desgracia, en cuanto sales te hielas otra vez —dijo él, siguiéndola con la mirada.

—Lo estoy deseando —contestó ella, salpicándolo. Se echó a reír y casi se alegró cuando él la tomó de nuevo por la cintura para darle calor—. He de confesarte una cosa —balbució, quitándose el agua de los ojos—. Nadie lo diría por cómo me gano la vida ahora mismo, pero de pequeña era un marimacho. Y además siempre quise tener un hermano mayor. Para hacer cosas así. Ahora me siento como si tuviera uno.

Él la atrajo hacia sí.

—Siento decirte esto, pero no tengo ninguna intención de ser tu hermano mayor.

Ella lo miró. La luz de la luna cabrilleaba en el agua y en las gotas prendidas en el vello de su pecho. Estaba más tentador a cada momento y, sin embargo, en la cabeza de Lyndie no sonaban campanas de alarma. Ella temía que fuera por culpa del whisky.

—Lo digo en serio —insistió—. Era un

cumplido. Siempre quise tener amigos chicos para hacer travesuras. Después de cinco años de matrimonio, creía al fin que mi marido me haría compañía, pero ¡cielos, qué equivocada estaba! —sonrió y lo salpicó ligeramente—. Esto es justamente lo que me había recomendado el médico.

—Me alegro —contestó él con voz áspera, mirándola fijamente.

—¿Por qué me miras así? —preguntó ella con voz lenta y quizá un tanto más seductora de lo que pretendía.

—¿Cómo lo conociste?

—¿A quién? —preguntó ella, desconcertada.

—A tu marido.

Ella estuvo a punto de echarse a reír.

—En la lectura de un libro. ¿Te imaginas algo más soso? Eso debería haberme puesto sobre aviso, ¿no crees? —se deslizó en el agua—. Luego, después de eso, él decidió escribir la Gran Novela Americana y yo, tonta de mí, hice todo cuanto pude por apoyarlo. Hasta cuando se gastó todo el dinero que mi pequeño negocio, seguí creyendo que se merecía más. Yo pensaba que necesitaba viajar más, ampliar sus miras para poder escribir. Yo tenía que ser la perfecta compañera, y eso significaba dar, dar y dar hasta que me quedé sin nada. Pero yo no iba a acabar sola y pobre como mi madre, o eso creía entonces —esbozó una triste sonrisa—. Así que, como ahora estoy sola, trabajo todo el día para no ser tampoco pobre —se produjo un largo silencio. Solo se oían los crujidos de la noria y el suave chapaleo del agua que caía. Para aliviar la tensión, Lyndie le arrojó un poco de agua—. Bueno, ¿qué te parece como confesión fraternal?

—No me parece que haya nada de fraternal en ello.

—¿Ah, no? —preguntó ella, frunciendo el ceño—. ¿Crees que le contaría eso a un tipo con el que estuviera saliendo? Yo creo que no. Eso es solo para hermanos, chaval.

La mirada de él se torno más intensa. Hasta a la luz brumosa de la luna, Lyndie podía verlo escrutar su cara.

—Tú no puedes ser mi hermanita —dijo él con voz baja y seductora—. Eso es imposible. Porque, en primer lugar, yo ya tengo una hermana pequeña. Se llama Becky.

—Estoy segura de que es una joven muy afortuna... —balbució ella, sin saber qué decir.

—Y, segundo, a ella nunca he querido hacerle esto.

Sus brazos se cerraron alrededor de Lyndie. Comprimiéndola contra su pecho, inclinó lentamente la cabeza hacia ella. El ardor de su boca sorprendió a Lyndie. El contraste entre sus labios fríos y su lengua caliente le hizo proferir un gemido involuntario.

Su beso se hizo más profundo. Ella notó el sabor del whisky en el aliento de Bruce y el olor masculino de su piel. Contra su voluntad abrió la boca como si tuviera sed de él y solo quisiera beber. El ancho pecho de Bruce se comprimía contra ella como una manta en la nieve. Todo era excesivo, casi imposible de resistir, y Lyndie se sintió arrastrada inexorablemente, como si pudiera cobijarse en aquel pecho y hallar abrigo en él para siempre.

La lengua de Bruce recorrió la piel húmeda y suave del cuello de Lyndie, produciendo en esta escalofríos que nada tenían que ver con la fresca noche de Montana. Ella apretó instintivamente los pechos contra el torso de él y sus pezones, endurecidos por el frío, rozaron seductoramente la tela húmeda de su sujetador y los pectorales duros y cálidos de Bruce.

Ella deslizó una mano por la espalda de él y le apretó las nalgas. Él dejó escapar un gruñido y deslizó los dedos hasta su entrepierna, incitándola a tocar su miembro erecto. Pero ella sabía que estaba excitado sin necesidad de verificarlo. Bruce se comprimió contra ella. Su miembro era como una porra de policía.

De pronto, Lyndie comprendió que estaba perdiendo la cabeza y se apartó. Su mirada de perplejidad pareció refrenar a Bruce. Su ardor se disipó de repente. Ella parecía haber despertado de un sueño para encontrarse en brazos de un muñeco de nieve. Bruce se apartó, pero siguió mirándola, aunque ahora sus ojos tenían una expresión de censura y reproche.

—Tenemos que irnos —dijo bruscamente, sacándola del agua como si fuera una muñeca de trapo.

—¿Por qué? —jadeó ella, desorientada por el repentino cambio de humor de él y por la ráfaga de aire helado que rozó su cuerpo mojado.

—Haz lo que te conviene, niña. Ponte la ropa —respondió él hoscamente.

Ella lo miró fijamente. Se le notaban las nalgas bajo la tela mojada de los calzoncillos. Él se dio la vuelta y la miró con el ceño fruncido. Lyndie contuvo el aliento. Si lo que veía entre sus piernas era el resultado de un baño de agua fría, dudaba de que ella pudiera hacerse con ello, ni siquiera en ese momento.

—¿Quieres un poco ahora? —preguntó él. Ella abrió la boca y sacudió la cabeza—.

Entonces, vístete —se dio la vuelta y empezó a ponerse los pantalones y la camisa. Ella buscó precipitadamente sus vaqueros. Empapada y tiritando, logró ponérselos con gran esfuerzo—. Las botas puedes ponértelas en la camioneta —la condujo hacia el coche tomándola del codo y la ayudó a subir.

Sentándose a su lado, él encendió el motor.

—¿He...he...he hecho algo mal? —tartamudeó ella. Él la miró fijamente. Su cara era como una máscara de piedra a la luz del salpicadero—. Cre...cre...creía que nos estábamos divirtien...

Él la interrumpió.

—¿Sabes cómo se despierta un oso pardo después de hibernar? —ella sacudió la cabeza, abriendo mucho los ojos—. Con hambre —gruñó él—. Con tanta hambre que no puede pensar más que en lo que desea.

—¿Y tú qué deseas? —susurró ella, asustada.

Él la miró con dureza. No hizo falta que respondiera. Incluso en el silencio Lyndie pudo oír el eco de dos palabras que parecían lanzar sobre ella una maldición y una alabanza.

«A ti».

# Capítulo tres

—UNA raposa muerta. Sí. Eso es lo que parece. Las palabras de Hazel atravesaron la densa niebla que envolvía la mente de Lyndie.

—¡Está despierta!¡Aleluya! —Ebby, la cocinera que llevaba toda la vida trabajando para Hazel, una mujer alta y huesuda que había alimentado a cien cabezas de ganado y cinco hijos con su pensión de viuda, permanecía de pie junto a la cama.

Hazel miró por encima la bandeja de plata en la que Ebby llevaba café y una tostada.

—Sí. Sigue viva. Creo que me está mirando.

Lyndie se sentó en la cama. Le dolía mucho la cabeza. Parpadeó.

—Te lo pasaste en grande en el molino, ¿eh? —dijo Ebby mientras dejaba la bandeja del desayuno.

—Jamás volveré a beber whisky —gimió Lyndie.

—¿Es del whisky de lo que te arrepientes, o de la compañía? —preguntó Hazel.

—Oh, por favor, di que es del whisky —cloqueó Ebby—. Hasta las viejas como nosotras sueñan con hombres como Bruce Everett.

Lyndie las miró a las dos con rencor.

—Estaba todo preparado. ¿Cuál de las dos lo hizo? ¿Fuiste tú, Hazel? —la acusó.

Hazel sonrió como el gato de Cheshire.

—Yo siempre digo que hay que vivir la vida hasta reventar. Pero no pensaba que fueras a hacerlo a la primera oportunidad, querida. Sin embargo, eres una McCallum de la cabeza a los pies. Ya te las apañarás. Los McCallum siempre lo hacemos.

—Hazel, prométeme que, durante el tiempo que esté aquí, no volverás a mencionar las palabras «whisky» y «hombres».

Lyndie intentó levantarse. Llevaba puesto un pijama de raso rosa de su propia marca. El recuerdo de la noche anterior le iba llegando en oleadas, como el agua del molino de maíz. Recordaba el tenso silencio en la camioneta mientras Bruce la llevaba al Lazy M. Había sido casi como si Mitch y Katherine estuvieran allí, en la cabina, con ellos, para aguarles la fiesta. Después de una despedida helada, ella se había arrastrado hasta la cama y había prometido olvidarse de Bruce Everett para siempre.

Pero entonces habían llegado las pesadillas. Las había padecido toda la noche. Estaba en una tienda de comestibles, o en la oficina de su contable, o en la cola para ver una película, y de pronto miraba hacia abajo y se veía como reflejada en un espejo. Su camiseta blanca, empapada, era transparente y resaltaba sus pezones morados, del tamaño de monedas de medio dólar. Llevaba el pelo mojado y pegado a la frente como una ninfa acuática. Pero mucho peor que la vergüenza que sentía y las miradas de perplejidad de quienes la veían era el derrumbamiento emocional que seguía a aquella escena. Intentaba taparse y corría a esconderse, pero allá donde iba se topaba con la mirada helada de Bruce Everett y con las palabras que habían reavivado su feminidad dormida: «A ti».

Cerró los ojos con fuerza e intentó olvidarse de aquello. Volvió a abrir los ojos, miró a Ebby y a Hazel y anunció:

—Será mejor que me ponga a trabajar. Tengo un montón de cosas que hacer antes del mediodía, cuando nos vayamos a ese... a ese... —se estremeció al pensar que tendría que volver a ver a Bruce Everett— a ese rancho para turistas.

—¿A mediodía? —dijo Ebby, mirando a Hazel con sorpresa—. Pero si son más de las dos de la tarde. Pensábamos que a lo mejor en Nueva Orleáns no dormías. Como hay tantos vampiros...

—¿Qué? —exclamó Lyndie, agarrando el despertador que había junto a la cama. Estuvo a punto de chillar de espanto al ver la hora—. Tenía una cita con unos inversores a través de Internet a las once —apoyó la cabeza dolorida en las manos—. Ahora lo he echado todo a perder.

—Alegra esa cara, querida. Estás de vacaciones. Olvídate de la tienda por ahora. Tienes que irte al rancho —dijo Hazel intentando consolarla.

—Pero puede que haya perdido la ocasión de trabajar con esos inversores. Adiós a mis planes de expansión. Adiós a todo —le dieron ganas de echarse a llorar.

—El único plan de expansión en el que deberías pensar es el de tu horizonte vital. Sal ahí, querida, y pásatelo bien en el rancho.

Lyndie dejó escapar otro gemido.

—Hasta eso se ha ido al infierno. Según el programa del rancho Mystery, a las dos teníamos la primera excursión a caballo. Ahora me la he perdido y además... —se estremeció al pensarlo— todo el mundo se fijará en mí.

Ebby se encogió de hombros.

—¡Ay, los jóvenes de hoy día! Sois todos una panda de quejicas.

Hazel le tendió la mano a Lyndie.

—Vamos, niña. Eres una McCallum. Y los McCallum nunca se dan por vencidos.

Lyndie salió de la cama, pero de pronto tuvo la desagradable sensación de que iba a arrepentirse de ello. Aquel era uno de esos días en los que hasta esperaba leer en su horóscopo: «No te aventures más allá de las sábanas, pues te espera la debacle».

Y ciertamente, tras vivir la traición de su padre y luego la de Mitch, no podía haber debacle mayor ante ella que un hombre de ojos fríos con hambre en la mirada. Hambre de ella.

Hazel llevó a Lyndie al rancho para turistas Mystery y la dejó en el barracón, con dolor de cabeza y todo. El rancho estaba desierto. Parecía que todo el mundo se había ido de excursión. Como no sabía qué hacer, Lyndie se puso a revisar su correo electrónico.

Había recibido varios mensajes urgentes de su contable. En el último la avisaba de que los inversores cuyo interés había intentado atraer sistemáticamente durante meses le habían denegado su apoyo. No iba a conseguir dinero para la ampliación del negocio porque no había sigo capaz de convencerlos de su seriedad.

Pero nada más lejos de la verdad. Ella comía, bebía y respiraba por Todo por Milady. La tienda lo era todo para ella. Su vida entera. Especialmente desde su ruptura con Mitch.

Y ahora, por culpa de una noche loca, se encontraba abocada al fracaso.

Deprimida, apagó el ordenador portátil. Miró la cama de leños de pino y le dieron ganas de arrojarse en ella llorando a lágrima viva. Pero eso no le serviría de nada. Por Mitch había derramado un mar de lágrimas, y ¿de qué le había valido? La única solución era seguir trabajando de firme.

Estaba claro que, a pesar de que estaba exhausta, no se esforzaba lo suficiente. Lo único que le quedaba por hacer era hacer las maletas, regresar a Nueva Orleáns y volver a volcarse en el negocio. Era el único camino hacia la felicidad, lo único que podía controlar, y hasta eso estaba haciéndolo mal.

La cabeza seguía doliéndole como si se la estuvieran abriendo con un martillo hidráulico, pero sacó la maleta de debajo de la cama y abrió la cremallera.

—Llegas tarde.

Al alzar la mirada, vio a Bruce Everett en la puerta, con el ceño fruncido. Estaba guapísimo, como cabía esperar. El polvo del camino se le había pegado a los pantalones de cuero desgastados. Tenía una expresión hosca y la cara sin afeitar, pero ello solo acentuaba la rudeza de su apariencia. Su mirada gris la traspasó como una estalactita.

—Lo sé. Lo siento —dijo ella, incapaz de odiarlo; ya se odiaba suficiente a sí misma en ese momento—. Me he dado cuenta de que tengo que volver a Nueva Orleáns hoy mismo. Por negocios.

Intentó ignorar a Bruce y olvidarse de la incómoda sensación que le causaba, y, recogiendo las cosas de la cómoda, las metió atropelladamente en la maleta.

—Hoy no sale ningún avión. No puedes irte. Así que vamos a empezar. Así no te quedarás descolgada del grupo —sus palabras no admitían discusión.

Ella alzó la mirada de la maleta.

—¿Qué quieres decir con que no sale ningún avión? Si puedo llegar a Salt Lake City o a Denver...

—Hoy no sale ningún vuelo. Es domingo y estamos en Mystery. El aeropuerto es muy pequeño. Y, si estás pensando en que Hazel te lleve al aeropuerto más cercano, quítatelo de la cabeza porque no puede. Tardaríais mucho tiempo, y también perderías el vuelo. Así que tendrás que quedarte aquí por lo menos un día más. Vamos.

Ella se irguió, desconcertada. Él le indicó que saliera. Aturdida, ella lo siguió, sintiéndose como un canario en una jaula.

—Hoy empezaremos en el corral. No hay

tiempo para salir a dar un paseo —su mirada se deslizó sobre ella—. Te enseñaré todo lo que necesitas saber para la salida de mañana.

—Pero ¿qué sentido tiene que me enseñes a montar si voy a irme?

Él se detuvo y la miró fijamente.

—¿Por qué tienes que irte?

—Ya te lo he dicho, por negocios —respondió ella secamente.

Él alzó una ceja.

—¿Te refieres a ese rollo de los socios capitalistas? No los necesitas —la tomó del brazo y la condujo hacia el corral.

Ella agrandó los ojos.

—Gracias, señor sabelotodo, pero creo que, dado que la tienda es mía, eso debo decidirlo yo —dijo, dando un paso atrás.

Pero no tenía sentido. Él volvió a asirla del brazo y la llevó junto a una hermosa yegua baya con la crin y la cola blancas.

—Vamos, sube —le ordenó él—. Yo te aúpo.

Antes de que ella pudiera decir nada, Bruce la enlazó por la cintura. Lyndie recordó su beso en el molino y sintió una extraña descarga eléctrica. Sus ojos se encontraron un instante y la corriente que fluía entre ellos aumentó de voltaje hasta hacerse casi insoportable.

Bruce deslizó la mano por el muslo de Lyndie, la agarró de la espinilla y la alzó a lomos de la yegua. Lyndie sintió el calor de su mano a través de la gruesa tela de sus vaqueros.

—Se llama Niña. Creo que os llevaréis bien —masculló él, mirándola con aquellos ojos fríos.

Sus palabras solo consiguieron aumentar la tensión sexual que existía entre ellos. Lyndie no quería sentirse como una niña estando con él. Quería permanecer indiferente, invisible, asexuada, especialmente al lado de aquel fornido y arrogante vaquero que parecía olfatear la debilidad de una mujer por el sexo opuesto como un sabueso a un fugitivo.

Aturdida, Lyndie acarició la crin blanca de la yegua en un intento por ignorar a Bruce. La yegua echó hacia atrás la cabeza, dándole la bienvenida. Lyndie se asustó.

—Oye, de verdad creo que no necesito que me enseñes a montar porque como de todos modos me voy mañana...

Él no le hizo caso.

—Los caballos del Oeste tienen cinco pasos: de paseo, trote... —empezó a recitar.

Lyndie apenas le prestaba atención. Todavía le dolía la cabeza y empezaba a verlo todo de color rojo. Aquel tipo era un caradura. Primero intentaba seducirla llevándola a nadar al molino, luego la rechazaba y ahora le daba órdenes como si ella fuera su empleada y él su jefe y no al revés. El colmo.

—¿Entendido? —preguntó él cuando acabó de hablar.

—Sí —dijo ella con retintín, mirándolo con cara de pocos amigos.

—Pues empieza con paso de paseo —dijo él escupiendo las palabras como un capitán de marines. Sus labios se curvaron ligeramente—. Solo tienes que apretar los muslos. A ese estímulo responden tanto los caballos como los hombres.

Ella se quedó sin aliento. Incapaz de aguantarlo ni un momento más, apretó los muslos con todas sus fuerzas, intentando concentrarse en la yegua. Esta echó a andar bruscamente. Estuvo a punto de caerse de espaldas cuando el animal empezó a trotar. Le lanzó a Bruce una mirada indignada. Estaba que echaba humo.

Él se echó a reír. Sus dientes blancos relucieron.

—Los de ciudad sois todos iguales. Queréis correr antes de saber andar.

Bruce se acercó a la yegua y le tiró de la brida para frenarla. El animal siguió avanzando suavemente, a paso lento. Lyndie volvió la cabeza furiosa y lo observó mientras él permanecía en el centro del corral.

«Es como si estuviera huyendo de algo... y yo solo pretendo que se detenga y mire a su alrededor, nada más», Lyndie recordó las palabras de Hazel sobre Bruce. Luego, miró a la yegua baya sobre la que iba montada. Instintivamente confiaba en aquel animal. Pensó que incluso podía tomarle gusto a montar en ella, aunque ese era un lujo que no podía permitirse de momento.

Tal vez Hazel pensara que Bruce debía dejar de huir, pero mientras daba vueltas y más vueltas alrededor del corral, con la penetrante y gélida mirada de Bruce clavada en ella, Lyndie comprendió que era ella la que quería echar a correr. Y, como un macho dominante, él solo le permitía ir al paso.

Sí, de acuerdo, se había caído un par de veces. Pero daba igual, pensó Lyndie mientras volvía cojeando al barracón. Toda aquella experiencia le servía de bien poco, porque iba a hacer sus maletas y largarse. Sin embargo, tenía que admitir que Niña le gustaba. La pobre yegua había mostrado la paciencia del santo Job durante la clase. Mientras Lyndie daba botes y se removía intentando a la desesperada mantener el equilibrio, la yegua había mantenido la calma.

Incluso Lyndie sabía por qué se había caído: por su cabezonería y por su incapacidad para admitir las instrucciones del señor Everett.

Exhausta, se tiró en la cama de madera y abrió el ordenador, haciendo caso omiso del polvo que cubría sus pantalones y botas. Se conectó a Internet y abrió su correo para ver qué tal se las apañaba su contable en su ausencia.

Había un mensaje urgente de él. Lyndie sabía que tenía que estar al borde de un ataque de nervios, porque no había dinero para pagar los nuevos pedidos. Su mensaje la dejó boquiabierta.

*Lyndie:*

*¡Todo arreglado! Un nuevo inversor, la MDR Corporation, nos ha ofrecido cuatro veces más dinero del que pensábamos necesitar para la expansión. Los de MDR se han enterado de la operación y aseguran que dispondremos del dinero el lunes a primera hora de la mañana.*

*Podemos revisar el contrato y firmar todos los documentos cuando regreses, a fin de mes.*

*Mientras tanto, insisto en que te diviertas a lo grande, porque yo también pienso irme de vacaciones.*

*¡Todo va de maravilla en el País de Jauja!*

*Rick.*

Lyndie leyó el mensaje dos veces. Tenía mil preguntas que hacerle a Rick Johnstone, su asesor financiero, así que tomó rápidamente el teléfono móvil.

—Rick, soy Lyndie —dijo cuando él respondió—. Cuéntamelo todo.

Él se echó a reír.

—Hemos recibido por fax una carta que prácticamente nos suplicaba que aceptáramos a MDR como socio capitalista.

—Pero ¿quiénes son? —preguntó ella.

—Ya le miraremos el diente al caballo regalado cuando vuelvas —dijo Rick, echándose a reír de nuevo—. Solo sé que debes de haber convencido a alguien de por ahí, porque la empresa tiene su dirección en Mystery —ella miró fijamente el teléfono como si estuviera viendo visiones—. ¿Lyndie?

—Oh, oh —ella frunció el ceño. Sabía exactamente quién la había sacado de aquel apuro.

La tía abuela Hazel. Ella poseía la mayor parte de Mystery. Tenía dinero a mansalva. Pero Lyndie no podía aceptar su ayuda. Hazel era su tía. Ella no podía arriesgar el dinero de un familiar. Su madre siempre había sido demasiado orgullosa para aceptar la caridad de los McCallum, y ella también lo era. Se frotó las sienes doloridas.

—Déjame pensarlo. Intentaré estar de vuelta mañana.

—Es un buen trato, Lyndie. Pero haz lo que tengas que hacer.

Colgaron. Ella se quedó sentada en la cama largo rato. No podía permitir que Hazel fuera su ángel de la guarda. El hoyo en que estaba metida lo había cavado ella misma. La ampliación ya se había puesto en marcha cuando ella descubrió que no disponía de capital suficiente. Tanto Rick como ella sabían que tendría que vender el negocio para pagar las deudas que había contraído si no encontraban inversores nuevos.

Tenía que ir a ver a Hazel esa misma noche y rehusar su ayuda. Al día siguiente tomaría un avión y volvería a empezar desde el principio. Tal vez esta vez lo conseguiría.

Lo que tenía que hacer era acercarse a casa de Hazel después de la cena. Y seguramente tendría que pedirle a Bruce Everett que la llevara.

Lanzó un gemido. ¿Acaso nunca podría librarse de aquel hombre? Dejó escapar un profundo suspiro y recogió sus cosas de baño. Tenía que haber taxis en Mystery. En cuanto refrescara sus músculos doloridos, averiguaría dónde podía conseguir uno. Así no tendría que pedirle favores a nadie, y mucho a menos a Bruce Everett.

El plan tenía buena pinta. Sobre el papel. Igual que sus inversores.


—He oído el rumor de que la sobrina de Hazel se va —dijo Justin Garth, el jefe de las cuadras, mientras los empleados del rancho estaban reunidos en la cocina.

Bruce levantó la mirada del ordenador portátil. Se mantenía al corriente de las evoluciones de su ganado en la parte oriental de Montana mediante los informes que le enviaban de su rancho.

—La sobrina de Hazel no va a ir a ninguna parte. Necesita unas vacaciones —dijo escupiendo las palabras, y volvió a mirar la pantalla.

—No es eso lo que me han dicho —replicó Justin, y su rostro moreno, de hermosos rasgos, se agrietó mientras intentaba contener la risa—. Tengo entendido que está deseando largarse de Mystery desde que fue a nadar contigo al molino. ¿Qué pasó, socio? ¿Hacía demasiado frío y no conseguiste impresionarla, o qué?

Justin recibió como respuesta un bufido.

—Yo no necesito impresionar a ninguna señoritinga de Nueva Orleáns. Estoy seguro de que ha visto a más tíos desnudos en una de esas fiestas que hacen por allí de los que la mayoría de las mujeres ven en toda su vida.

—Así que estabais los dos desnudos, ¿eh? —Justin dejó escapar un silbido. Aunque corto de estatura, era un hombre fornido, con el pelo abundante y rojo y una sonrisa fácil, al que habitualmente se consideraba el más pendenciero del grupo.

—No estábamos desnudos —dijo Bruce.

—¿Casi desnudos? —Bruce se echó a reír finalmente, pero no confirmó ni negó la acusación—. Lo que está claro es que esa es un bombón. La vi en el baile y estuve a punto de enamorarme de ella allí mismo. Y apuesto a que, si lleva la sangre de Hazel, también será testaruda —Bruce frunció el ceño—. ¿Piensas ligártela? Por que, si no, a mí no me importaría... —Justin se calló de repente. La mirada de Bruce le dijo todo lo que necesitaba saber—. Vale, vale —concluyó—. Pero que no me entere yo de que se va a Nueva Orleáns sin haber probado la hospitalidad de Mystery. Eso me rompería el corazón —Bruce respondió con otro bufido. Justin lo miró mientras trabajaba con el ordenador—. Ya va siendo hora de que te busques una compañera. Nunca he visto un oso como tú sin una.

Bruce se encogió de hombros y dijo:

—Ya he dejado de hibernar.


Si había algo que Lyndie podía afirmar sobre Montana, era que ciertamente le abría el apetito. Lejos estaban los días en que se alimentaba de café con leche y ensalada. La furgoneta que llevaba la comida al rancho de vacaciones Mystery servía filetes, y de pronto Lyndie deseaba comerse uno como si estuviera famélica.

Se llenó el plato y se sentó a una rústica mesa de pino en medio del comedor. Había quizá quince personas, todas ellas huéspedes del rancho.

—Soy Roger Fallon, y esta es mi mujer, Anette —un hombre de mediana edad, con barba y gafas, que estaba sentado a la mesa se levantó mientras Lyndie se sentaba.

—Encantada de conoceros —contestó ella, avergonzándose de pronto por llevar el plato lleno.

—Te vimos anoche en el baile. Somos de Londres. Hemos venido a experimentar la auténtica vida de los vaqueros, ¿verdad? —Annette era una mujer de aspecto maternal y ojos chispeantes, con el pelo teñido de rubio y una sonrisa contagiosa.

A Lyndie le cayeron bien desde el primer momento. Había algo desarmante en ellos. Pensó que tal vez se tratara de su ropa de vaqueros. Los dos se habían vestido con entusiasmo para la excursión a caballo, con chalecos de cuero repujado y hasta pañuelos rojos atados al cuello.

—Habéis venido desde muy lejos para montar a caballo —comentó Lyndie amablemente.

—Este es el mejor rancho de ocio de todo el país. ¿Cómo íbamos a resistirnos, a pesar del precio?

Las palabras de Annette sorprendieron a Lyndie. Ella no había pagado nada por su estancia. Pensaba que el rancho era de Hazel, y que su tía la había invitado. De pronto empezó a preguntarse si estaría aún más endeudada con Hazel de lo que pensaba.

—Yo… he de confesar que no sé mucho sobre ranchos de ocio —dijo Lyndie—. Mi tía abuela, que vive aquí, en Mystery, me dijo que viniera. Estaba convencida de que yo me estaba matando a trabajar, aunque no es cierto.

Lyndie hundió el cuchillo en el jugoso filete que aún chisporroteaba en su plato. La molestaba que el rancho Mystery estuviera perdiendo dinero por su culpa. Había dado por sentado que el rancho era propiedad de Hazel y que allí se hacía lo que su tía mandaba.

—Dicen que los vaqueros de aquí son los mejores del estado. Pero a Bruce Everett nos lo han recomendado de Tokio a Tombuctú —comentó Roger Fallon con una sonrisa encantadora—. Llevábamos cinco años en lista de espera para poder venir aquí. ¿Y tú?

Lyndie se puso colorada. No tenía ni idea de que el rancho de vacaciones de Mystery fuera un destino turístico tan codiciado. Lo cierto era que había creído que Hazel la había invitado porque el rancho necesitaba desesperadamente clientes.

—Yo en realidad no sé nada de esa lista. Como os decía, fue mi tía la que me invitó a venir —Lyndie masticó su filete, confiando en que cambiaran de tema.

—Así que ¿conoces aquí a verdaderos ganaderos? —Annette parecía fascinada—. Qué maravilla. No sabes lo que daría cualquier londinense de a pie por vivir como un vaquero solo una semanita.

—No tenía ni idea —dijo Lyndie.

—Oh, querido. ¡Mira quién está ahí! —exclamó Annette, dándole un codazo a su marido.

Todos los huéspedes sentados a la mesa miraron hacia la furgoneta de la comida.

Bruce Everett estaba junto a la parrilla, pidiendo un filete.

—Es un tipo fantástico, ¿no crees? —le dijo Roger a Lyndie—. Todos esos rodeos... Todos esos campeonatos... Con él por aquí, me siento como si estuviéramos viviendo una película de Clint Eastwood. Habríamos pagado el doble de lo que vale la estancia en el rancho solo por experimentar lo que ese hombre puede enseñarnos.

Lyndie miró a Bruce. Él le devolvió la mirada. Ella sintió un escalofrío. Por más que se resistía, estaba sucumbiendo. El deseo se avivaba en ella cada vez que Bruce balanceaba las caderas o le lanzaba su lenta sonrisa.

—¿Y qué es lo que puede enseñarnos? No he oído hablar mucho de él —Lyndie volvió a enfrascarse en su filete.

—Querida, está considerado uno de los mejores ganaderos del Oeste. Tiene un rancho a unos cuatrocientos kilómetros de aquí. Y por estos contornos es toda una leyenda —dijo Annette.

—Hemos leído que una vez salvó a un par de cachorros de oso en la autopista. Según parece, tomó a cada uno con un brazo y los sacó corriendo de la carretera. Es un tipo muy fuerte, porque hasta una cría de oso pesa una barbaridad.

—¿Y qué le pareció a la osa? —preguntó

Lyndie sin poder evitarlo.

—Se volvió loca por él, como todas las de su sexo —dijo Roger—. Comprobó que sus cachorros estaban bien y desapareció al otro lado de la autopista.

—Todo eso me parece un cuento chino —comentó Lyndie secamente.

—Señorita Clay, ¿me permite?

Lyndie miró hacia atrás y vio al objeto de su conversación de pie tras ella.

—Señor Everett —dijo mientras él se sentaba a su lado con su filete. Su muslo recio y musculoso rozó el de ella, y Lyndie recordó que estaba muy sola.

Anette y Roger se quedaron pasmados de asombro. Lyndie se limitó a esbozar una tenue sonrisa. A fin de cuentas, tenía mucho que ocultar.

—¿Se ha recobrado del todo de lo de anoche? —preguntó Bruce.

Annette parecía a punto de desmayarse de emoción y Roger no acababa de cerrar la boca.

—¿Conoce a Roger y Annette? —preguntó Lyndie en tono puntilloso—. Son de Londres. Y grandes admiradores suyos.

Bruce asintió.

—Sí, los he conocido durante la salida de esta tarde. Tienen ustedes un buen sentido del equilibrio. Y eso es muy a tener en cuenta en un novato.

—Gra...gra...gracias —balbució Roger.

—Estábamos diciéndole a la señorita Clay lo maravilloso que es el rancho —añadió Annette—. Ella no parece tan familiarizada con él como la mayoría de los huéspedes.

Bruce miró a Lyndie de reojo.

—Ya lo estará, a su modo. Además, ha venido con las más altas recomendaciones.

—De mi tía abuela Hazel —explicó Lyndie, intentando dejarlo claro.

—Sí, la señorita Clay es una mujer de negocios. No siente la necesidad de volver a entrar en contacto con la naturaleza.

Bruce comenzó a comerse el filete como si fuera su última comida. Lyndie lo miró masticar y, al recordar sus besos, sintió que se derretía de la cabeza a los pies.

—Pues nunca hay que perder el contacto con ella —dijo Annette—, porque no hay nada como una puesta de sol en la montaña, o la visión de un reno con su cría, para recordar lo que de verdad es importante.

—¿Y qué es? —preguntó Lyndie.

—Dios. El espíritu. La empatía. Todo eso y más —añadió el marido de Annette.

Lyndie le dio vueltas a aquellas palabras. Para su alma hambrienta eran poéticas, pero la parte herida de su ser sabía que tanto las palabras mismas como su sustancia estaban fuera de su alcance. Esbozando una triste sonrisa, dijo:

—Por desgracia, en esas montañas no hay hojas de cálculo, ni inventarios, y a mí es eso lo que me tira. Me temo que tendré que irme mañana mismo. Me ha surgido un asunto urgente que debo resolver.

—Oh, qué lástima —dijo Annette.

Lyndie se volvió hacia Bruce.

—Lo cual me recuerda una cosa. Necesito un taxi para ir a casa de Hazel esta noche. ¿Cómo se llama la compañía de taxis de por aquí?

—Yo te llevaré —dijo él.

Ella levantó una mano.

—No, no. No hace falta que te molestes…

—Eres una invitada del rancho. No me molesta.

Ella volvió a concentrarse en el filete, pero de pronto se le había quitado el apetito. Ahora tendría que volver a quedarse a solas con Bruce. Pero al menos le había dejado claro que no quería favores de él. Apartó el plato.

—Bueno, entonces, si me disculpan, iré a prepararme para ir a casa de Hazel. Ha sido un placer conocerlos —le dijo a la pareja de ingleses.

—Espero que las cosas cambien y pueda quedarse —añadió Annette.

Lyndie sonrió y se encogió de hombros.

—Supongo que los juegos son para otros y no para mí...

—No me pareció eso anoche —la interrumpió Bruce, y se metió otro pedazo de filete en la boca.

Roger y Annette intercambiaron una mirada entusiasta.

—Bueno, yo... creo que no estoy tan acostumbrada al whisky como la gente de aquí —balbució Lyndie, intentando lastimosamente preservar su reputación.

—Pues entonces deberías beber más a menudo —comentó Bruce, conteniendo una sonrisa.

A Lyndie le entraron ganas de darle un puñetazo. Pero en lugar de hacerlo dio media vuelta para marcharse y, mientras salía, recordó un viejo dicho: «Una chica valiente puede pasárselas sin reputación».

De lo único que estaba segura era de que, con Bruce Everett, había que tener valor.

# Capítulo cuatro

LYNDIE no dijo ni una palabra durante el trayecto a casa de Hazel. Permaneció en silencio, observando de reojo el perfil de Adonis de Bruce, suavemente iluminado por la luz verde del salpicadero.

La camioneta traspasó las puertas de hierro forjado del rancho Lazy M, Bruce le abrió la puerta de la camioneta y la acompañó hasta la entrada.

—¡Pasad! —exclamó Hazel al abrir la puerta—. ¡Vaya, qué agradable sorpresa! Entrad y dejad que os eche un vistazo.

Lyndie abrió la boca para decir que era ella la que quería hablar con Hazel, pero de pronto comprendió que aquello sería una grosería. A fin de cuentas, Bruce la había llevado al Lazy M, y era amigo de Hazel. Lyndie cerró la boca y entró junto con Bruce en el salón de Hazel, lleno de antigüedades. Retratos y daguerrotipos de los McCallum, los ancestros de Lyndie, los miraban desde las paredes. Hasta parecían contener el aliento al unísono.

—Ebby, trae un refrigerio, ¿quieres?

Tenemos compañía —dijo Hazel cuando Ebby apareció en las puertas de nogal labradas.

Ebby pareció encantada de verlos.

—¡Ahora mismo! —dijo, secándose las manos en el delantal blanco.

—¿Qué os trae por aquí? —preguntó Hazel, señalándoles un canapé de dos plazas forrado de seda.

Lyndie se sintió de nuevo atrapada en una emboscada, pero esta vez tenía la sensación de haber participado en su preparación. Se sentó junto a Bruce en el canapé.

Aquel silloncito victoriano no estaba hecho para personas de estatura moderna. Lyndie se encontró de pronto prácticamente sentada encima de Bruce, una vez que este extendió las piernas y aceptó el brandy que le ofrecía Ebby.

Decidida a acabar cuanto antes, Lyndie no quiso beber nada y dijo:

—Hazel, no puedo permitirlo. He sabido que la MDR Corporation ha hecho una generosa inversión en Todo por Milady, pero no puedo aceptarla. Es muy arriesgado. Y aunque sé que haré cuanto pueda para que todo salga bien, no puedo aceptar tu dinero sabiendo que hay posibilidades de que lo pierdas. Así que declino tu...

—¿Declinas una oferta de dinero limpio?

—la interrumpió Bruce—. ¿Qué clase de empresaria eres?

Lyndie empezó a enfadarse.

—Mire, señor Everett, con el debido respeto, no necesito su opinión. Esto es entre Hazel y yo.

Hazel miró al uno y al otro. Parecía querer decir algo, pero le faltaban las palabras, lo cual era muy extraño, tratándose de Hazel McCallum.

—Lyndie, querida, a mí me gustan tan poco como a ti las intromisiones, pero creo que Bruce tiene razón —dijo, titubeando—. Es dinero limpio y honrado. Justo lo que necesitas para ampliar el negocio. Y también para tomarte unas vacaciones y darte un respiro de ese trabajo que, según tu madre, te está matando.

—Estoy perfectamente —declaró Lyndie—. Pero no me lo perdonaría si el negocio saliera mal y no pudiera darte beneficios, ni mucho menos pagarte la deuda.

—Pero no saldrá mal. Eso es imposible —dijo la ganadera con firmeza.

—Pero ¿y si…?

Hazel la cortó sin miramientos.

—Hagamos un trato, Lyndie. Acepta por ahora el dinero de la MDR Corporation. Cuando acabe tu estancia en el rancho, puedes volver a Nueva Orleáns y encontrar nuevos inversores.

—Pero eso llevará tiempo. Debería irme ahora...

Hazel levantó una mano.

—No quiero ni oír hablar de eso —sus ojos azules relucieron—. Hazle caso a una pobre anciana, por favor, Lyndie —a Lyndie le dieron ganas de alzar los ojos al cielo. Hazel la había enredado en su telaraña—. Solo serán unas semanas. Volverás a casa antes de que se acabe el mes, y cuando lo hagas te estarán esperando los mismos problemas que cuando te fuiste.

Lyndie apretó los dientes.

—Está bien —dijo—. Pero voy a devolverte el dinero con intereses del cinco por ciento. Es más de lo que pagan los bancos.

Hazel se echó a reír. Hasta Bruce pareció reprimir una carcajada.

—Excelente. Entonces, ¿trato hecho? ¿Aceptas el dinero de la MDR y te quedas aquí como estaba previsto?

—Sí.

Lyndie dejó escapar un suspiro. No sabía cómo iba a pagar los intereses, y mucho menos cómo iba a conseguir nuevos inversores, pero estaba dispuesta a aceptar aquel trato para complacer a su tía.

—Ahora, tomad una galleta. Es la receta de mi madre. Hechas con esencia de violeta, igual que se hacían en 1895 —Hazel levantó un plato pintado a mano lleno de blancas galletitas de mantequilla.

Aunque no tenía apetito, Lyndie tomó una. Durante los siguientes veinte minutos, Hazel parloteó sin cesar. Por fin, cuando el reloj del salón dio la hora, Bruce se levantó. Con su camisa de franela y sus vaqueros, parecía un gigante en medio del hermoso salón.

—Madrugar forma parte de la vida en un rancho, Hazel, así que, si nos disculpas —recogió su Stetson, que había dejado sin que Lyndie se diera cuenta sobre una mesita cercana.

—Sí, tienes razón —los ojos de Hazel brillaron—. Además, mi sobrina necesita descansar, y mucho. Así que prométeme que la llevarás a la cama ahora mismo.

Lyndie estaba tan cansada que besó a su tía abuela y salió por la puerta principal antes de caer en la cuenta de lo que había dicho Hazel. O, más bien, de lo que había querido decir.

—Mi tía siempre tan traviesa —dijo dando un suspiro mientras salían del rancho.

Bruce sonrió.

—Es única, de eso no hay duda. Yo siempre he querido una mujer como ella.

—Pues está disponible, ¿sabes? —contestó

ella mordazmente.

Bruce la miró. Sus ojos brillaban suavemente.

—Lo sé, pero por desgracia para mí Hazel ya no está en edad de tener hijos. Y yo quiero montones de ellos.

Su comentario sorprendió a Lyndie. No le apetecía imaginarse a Bruce como un padre de familia. Ella también quería tener hijos, pero Mitch siempre le había dado largas. Tras descubrir la verdadera naturaleza del carácter de su marido, casi se alegraba de no haberlos tenido. Pero, al mismo tiempo, notaba su falta. Una familia, un marido, hijos... Le parecía no tener derecho a esas cosas. Su madre no las había tenido. Y ella, al parecer, tampoco las tendría.

Claro que allí estaba aquel vaquero sentado a su lado, diciéndole que tenía el mismo anhelo que ella. Aquello resultaba casi demasiado tentador. Convertía a Bruce en un hombre peligroso.

—¿En qué piensas? ¿No te gustan los niños? —dijo él mientras dirigía el coche a la carretera.

Ella sacudió la cabeza.

—Me encantan. Pero no tengo ninguno. Dicen que dan muchas preocupaciones.

—¿Y?

Ella estuvo a punto de echarse a reír. No

sabía qué más decir. En la ciudad, los hombres no hablaban así. Un hombre de ciudad era más proclive a mostrarle a una mujer las llaves de su deportivo que a mirarle la boca como si fuera una buena yegua de cría.

—¿Qué más quieres que te diga? —preguntó ella.

—Pues no sé, ¿cuántos críos te gustaría tener?

Ella intentó ocultar su sorpresa.

—Eso depende, ¿no?

—¿De qué?

—Del padre —lo miró como si estuviera loco.

Él asintió.

—Y si el padre está bien, ¿cuántos?

—Mira, yo no soy una de esas que parecen fábricas de niños. Quiero decir que tengo desde luego las caderas anchas y robustas, lo noto cada vez que me compro unos pantalones, pero no creo que criar a los hijos sea como tener cachorros de perro. Salen muy caros, ¿sabes? Los niños.

Confiaba en que aquello le dejara clara su opinión de una vez por todas. A fin de cuentas, él tenía un buen trabajo en el rancho de vacaciones de Hazel, pero no podía meter a su futura esposa y a sus hijos en el barracón del rancho.

—Nunca lo había pensado de ese modo

—dijo él, pensativo—. Mis padres tuvieron siete hijos. Y de algún modo se las apañaron para salir adelante. Conseguían que hubiera comida en la mesa y amor en la casa. Eso me enseñó a creer que, si algo te importa, no puedes pensar en su coste.

Ella le lanzó una sonrisa irónica.

—Me temo que yo no puedo permitirme tanto idealismo. Mi madre me crio sola, y le resultó muy difícil. Tan difícil que yo no estoy dispuesta a seguir sus pasos. Además, debo confesar que ahora mismo me preocupan mucho más ciertos asuntos financieros…, como bien sabes porque has asistido a mi conversación con Hazel.

—Te preocupas demasiado por el negocio.

Ella dejó escapar un suspiro involuntario.

—Es lo único que tengo. Es lo que me mantiene en pie. Trabajo mucho, sí. La verdad es que los últimos dos años no he hecho más que trabajar.

—Pero también hay que jugar un poco.

—Cuando uno se está ahogando, no tiene tiempo de jugar —dijo ella secamente.

Él la miró.

—Pues deja que te salven.

Ella profirió una risa amarga.

—A mi madre nadie la salvó, y si yo hubiera tenido hijos con Mitch, habría sido un barco a la deriva y a punto de hundirse, como ella. Así que no, gracias.

—De donde yo provengo, no se abandona a la familia.

Lyndie dejó que aquellas palabras cayeran en el silencio. La tentación de creerlo, de permitir que alguien la salvara, era muy fuerte. Pero aquella posibilidad despertaba en ella más miedo que consuelo. Notaba que él tenía algo en la cabeza. Tenía que dejarle las cosas claras de inmediato, o luego le resultaría mucho más difícil. Balbuciendo, confesó:

—Supongo que lo que le ocurrió a mi madre y lo que me ha pasado con Mitch... En fin, sencillamente me resulta muy difícil creer en el compromiso, el amor y la devoción. Resulta difícil permitirse el lujo de creer en esas cosas cuando te las han quitado de un golpe.

Él la miró un momento.

—Mira, anoche, en el molino... fue... —sus palabras se desvanecieron.

—Oh, lo sé. No sé qué me pasó. Supongo que en este momento de mi vida estoy un poco desquiciada —dijo ella, azorada.

—Hazel quiere que te des un respiro. Olvídate de la tienda una temporada. Te sentará bien.

Ella se frotó la frente. Le estaba empezando a doler la cabeza.

—Te agradezco el consejo, pero ¿a ti qué

más te da?

—Ayer, cuando estábamos en el molino, me di cuenta de que a mí también me hace falta jugar —dijo él con aspereza.

Lyndie se sintió conmovida de repente. Su devoción hacia Katherine demostraba que era probablemente más leal que Mitch, y al darse cuenta de ello se sintió avergonzada por haber pensado mal de él. Bruce también sufría.

Ella empezó a decir suavemente:

—Hazel me ha contado lo que le pasó a tu novia. Lo siento mucho. Debió de ser terrible —él no dijo nada. El silencio se hizo opresivo—. Mira —añadió ella, dando un profundo suspiro—, no pretendo que aceptes mis consejos. Yo soy el fruto de mi experiencia. Pero tú… en fin, tú pareces haber tenido una vida familiar muy feliz. Así que espero de verdad que empieces a jugar. Te lo mereces, después de lo que has pasado. Tienes mucho que ofrecer.

—Y tú das demasiado. Tienes que aprender a aceptar la ayuda de los demás —dijo él.

Ella cerró los ojos y sacudió la cabeza.

—Eso suena muy bien, pero me temo que soy demasiado cobarde. Lo siento —Lyndie se alegró cuando tomaron el desvío del rancho—. Bueno, muchas gracias por llevarme.

Si te debo algo, la gasolina o lo que sea, dímelo —no se le ocurría nada más que decir.

La camioneta se detuvo frente al barracón. Bruce apagó el motor y se volvió hacia ella.

—¿Cómo era? Tu marido, quiero decir.

La pregunta la pilló por sorpresa.

—Era... era... Bueno, supongo que al principio era estupendo. Yo, desde luego, creía que estaba enamorada de él. Pero luego resultó ser un canalla —se echó a reír amargamente—. Sí, creo que eso lo resume todo.

Él la tomó de la barbilla y la miró a los ojos.

—Ese hombre te quitó el placer de vivir. Te lo robó como un ladrón roba una pulsera de diamantes. Tienes que recuperarlo. Era tuyo y lo necesitas.

Lyndie sintió un nudo en el estómago. El contacto de la mano de Bruce le produjo una suave excitación, como el roce de una pluma. Sus palabras la dejaron al borde de las lágrimas. Intentando recomponerse, dijo:

—Sí, me robó. Pero ¿cómo voy a recuperarlo? No puedo permitirme otra pulsera de diamantes.

—Pues deja que alguien te la regale.

Ella encontró al fin un modo de salir de la maraña emocional en la que Bruce la estaba metiendo.

—Sí, eso también suena muy bonito.

Como ese viejo cuento sobre cómo hacerse millonario. Ya sabes, no hay nada más que encontrar un empleo en el que te paguen un millón por hora y trabajar una hora, nada más —se echó a reír—. Sin embargo, lamento informarle, señor Everett, de que las cosas no funcionan así. Yo podía conseguir un millón de tipos que me prometieran la luna, pero ¿qué obtendría en realidad, aparte de un empacho de libido?

—Algunos hombres mantienen sus promesas —replicó él.

—Puede ser. Pero yo no quiero entrar en ese juego. Tengo muchas cosas que hacer. Por lo menos, podré vivir de la tienda cuando sea mayor. Tú, por lo que cuenta Hazel de tu juventud, debes de ser de esos con los que no se puede contar hasta el amanecer.

Él apretó la mandíbula.

—Conmigo se puede contar siempre. ¿Quieres que te lo demuestre? —ella contuvo el aliento. Él la soltó—. Buenas noches, señorita Clay. Mañana saldremos temprano, así que le recomiendo encarecidamente que duerma un poco.

Ella lo miró un momento y luego salió de la camioneta. Él se marchó entre una nube de polvo. Desconcertada, Lyndie entró en su dormitorio del barracón. Mientras se desvestía y retiraba las mantas, se preguntó por qué se molestaba siquiera. Sabía que esa noche no podría pegar ojos. Y aunque consiguiera adormilarse, solo podría soñar con Bruce Everett.

Con los párpados caídos, Lyndie guió a Niña con las riendas hacia la izquierda para seguir al resto del grupo. Llevaban en camino más de una hora cuando llegaron a una encrucijada.

—Por ahí no. Nunca vayan por ahí —les dijo Justin cuando estaban a punto de tomar la senda equivocada.

—¿Por qué? —preguntó Lyndie, colocándose al paso de Justin.

El guía se limitó a mirar a lo lejos.

—Algo malo ocurrió en ese camino. Ya nunca lo utilizamos.

Lyndie observó la tortuosa senda hasta donde le permitía la vista. Pequeñas avalanchas de piedras cubrían el suelo. El camino parecía hacerse casi vertical a medida que subía por la montaña y se internaba en la nieve.

Lyndie sintió un escalofrío. Estaba segura de que aquel era el camino en el que Katherine había perdido la vida. Miró a Bruce, que iba delante. Él parecía ignorar por completo la senda prohibida. Su atención estaba fija en sus jinetes y en las condiciones de la senda que se desplegaba ante él. Pero iba sentado en la silla más tieso que de costumbre, y Lyndie se preguntó si aquella encrucijada todavía abría en él una herida.

—¿Ya nadie sube por ese camino? —le preguntó ella a Justin.

Él sacudió la cabeza.

—Solo el jefe, cuando está de mal humor.

Lyndie volvió a mirar el camino, perdiéndose en sus pensamientos.

Roger y Annette iban delante de ella, montados en sendos caballos apalusas. Otras dos mujeres de Los Ángeles, dos hermanas, estaban pasando sus vacaciones en el rancho. No paraban de flirtear con Justin, un vaquero pelirrojo y corpulento que guiaba la expedición, y Lyndie casi las envidiaba. Ellas sabían jugar.

De pronto, Bruce retrocedió hasta el final de la fila montado en su alazán. La yegua de Lyndie giró la cabeza y pareció querer irse tras el alazán. Lyndie se echó a reír: los caballos parecían reflejar las tensiones de sus jinetes. Pero Bruce solo le lanzó una mirada helada.

Finalmente se pararon junto a un arroyo donde estaba esperándolos la furgoneta de la comida para servirles el desayuno.

Justin le sujetó el caballo a Lyndie mientras esta desmontaba. A ella le había gustado desde el principio. Parecía un buen chico. Su sonrisa era contagiosa y Lyndie notaba que se le daban bien las mujeres. Kim y Susan, las mujeres de Los Ángeles, se ponían a ronronear cada vez que se acercaba a ellas.

—¿Qué tal? ¿Le gusta por ahora? —le preguntó Justin mientras les servían huevos y beicon.

—Por desgracia, me perdí la lección de monta de ayer, pero espero ponerme al día —dijo Lyndie.

—A mí no me importa darle unas cuantas clases en el corral, si quiere —dijo Justin, guiñándole un ojo.

Ella no pudo disimular una sonrisa. Justin era un tipo campechano y transparente. La atracción que Kim y Susan sentían por él era comprensible. Aquel vaquero no tenía doblez, a diferencia de su jefe, que resultaba incomprensible.

—Creo que podré apañármelas por ahora, pero gracias por el ofrecimiento. Lo tendré en cuenta —Lyndie sonrió y pasó junto a Bruce.

Él se limitó a mirarla con el ceño fruncido. Ella se sentó apoyada contra el tronco de un árbol y vio con inquietud que Bruce se acomodaba a su lado.

—¿Has dormido bien? —preguntó él

maliciosamente, como si pudiera leerle los sueños.

Ella esbozó una sonrisa burlona.

—Claro, ¿por qué no iba a dormir bien?

Él alzó una ceja. Ella empezó a comerse los huevos con ansia.

—Esta noche es el rodeo. ¿Vas a ir? —dijo él, masticando su beicon.

—¿Forma parte del programa de actividades? —preguntó ella mientras untaba de mantequilla una galleta.

—Por supuesto.

—Entonces, creo que podré dedicarle ocho segundos de mi tiempo.

Él se echó a reír y de pronto se puso muy serio.

—Son ocho segundos muy largos. ¿Alguna vez has montado un toro?

—No —dijo ella.

—Pues deberías intentarlo —dijo, y volvió a enfrascarse en su desayuno.

Lyndie sintió un estremecimiento. Miró el cuerpo fibroso de Bruce y el modo en que la camisa se le ceñía a los músculos del brazo. Recordó el vello de su pecho y el reguero de pelo negro que prometía llevar al placer.

La idea de montarse sobre él ocho segundos la excitaba y, al mismo tiempo, por extraño que pareciera, la aterrorizaba.

Aquella imagen no abandonó su mente

durante toda la excursión. Ni siquiera cuando dejó a la yegua en el abrevadero esa tarde y, dolorida por la silla, regresó cojeando al barracón, logró borrar de su cabeza la imagen de aquellos ocho segundos con Bruce Everett.

# Capítulo cinco

—**P**ERO es que es tan ridículamente viril, Hazel... No puedo tomarlo en serio —susurró Lyndie, sentada junto a su tía abuela en el coso del rodeo.

—Eso es lo que no entiendes, querida. Tú eres una McCallum. No tienes que tomarte a Bruce en serio. Solo tienes que relajarte y divertirte un poco —Hazel se levantó y empezó a jalear al ganador del rodeo.

—Reconozco que tiene cierto encanto masculino... —murmuró Lyndie.

—Si se alquilara como semental, sería más rico que yo —afirmó Hazel con rotundidad.

Lyndie no pudo evitar sonreír. Pero su sonrisa se desvaneció en cuanto se topó con la mirada de Bruce. Él estaba en las puertas del coso, ayudando a los participantes a montarse en los toros. Lyndie supuso que, habiendo ganado varios campeonatos de rodeo, seguramente podría darles muchos consejos. Pero a ella, que tenía el corazón roto, no podía ofrecerle nada. Ambos eran como la noche y el día. Él se consumía de remordimientos por su infortunado amor; ella vivía atormentada por la ira que le causaba la traición de su ex marido. Ni siquiera eso tenían en común.

—Admito que es bastante atractivo, en un sentido un tanto cavernícola. Pero, Hazel, no estaría bien utilizarlo solo para echar una canita al aire —dijo Lyndie, esperando zanjar la cuestión.

—Hay muchísimos matrimonios felices que empiezan solo con un poco de sexo —dijo Hazel.

—Pero ¿qué dices? ¿Me estás animando a acostarme con Bruce? Eres incorregible.

Hazel puso su semblante más serio.

—A mí jamás se me ocurriría hacer una sugerencia tan descarada, por supuesto que no —Hazel achicó los ojos y la observó—. Además, entiendo perfectamente que no consigas atraerlo, querida. Tú eres muy competitiva. Mira, si no, el negocio al que te dedicas. El comercio al por menor. ¿Qué puede ser más brutal? No puedo pedirte que, estando de vacaciones, hagas algo que no está a tu alcance. Sería terriblemente cruel por mi parte.

Lyndie se quedó callada y miró atónita a su tía.

—Tía Hazel, eres un demonio.

Hazel sonrió.

—Querida, no se llega a mi edad sin comprender una cosa o dos sobre la naturaleza humana.

—Puedo llevarme a la cama a Bruce cuando se me antoje.

—Demuéstralo.

Lyndie la miró, confundida.

—¿Es que todo el mundo conspira contra mí?

—Hay cosas peores.

—Bruce Everett es un vaquero con un sentido de culpabilidad del tamaño de Wyoming.

—¿Me estás diciendo que no te atreves?

—Ese tío está salido. Si le ofrezco sexo, aceptará sin dudarlo.

—Dicen que no ha vuelto a estar con nadie desde que murió Katherine. Al parecer, no siente interés por ninguna mujer. Así que imagino que por ti tampoco.

—Yo no soy terapeuta sexual, Hazel. Si quiere una, que la pague.

—Inténtalo. Si fracasas, no pasa nada.

—¿Y si tengo éxito y él me decepciona? Entonces ¿qué? ¿Me compensarás tú de algún modo por la mala experiencia?

Hazel se volvió hacia ella con expresión divertida.

—¿Sabes qué te digo, querida? Si te decepciona, no tendrás que devolver el dinero de la MDR Corporation. ¿Trato hecho?

—¿Sabe mi madre que eres una conspiradora perversa, Hazel?

Hazel le guiñó un ojo.

—Ella nunca aceptó mis consejos y mira lo que pasó. Yo siempre quise que se casara con un vaquero del valle.

Lyndie se quedó sin habla.

—¿Sabes una cosa? —dijo Lyndie, animada por la adrenalina y la cerveza barata, acercándose a Bruce, que aún permanecía junto a las puertas del toril.

Bruce le abrió la puerta del chiquero al último toro y se limpió el polvo de los ojos.

—¿Qué?

—Hazel me ha retado a seducirte. Dice que no cree que pueda hacerlo, aunque yo creo que sí. Y, si lo consigo, dice que me perdonará la deuda de la MDR Corporation —él la miró en medio de la penumbra del chiquero. Lyndie no logró interpretar su expresión—. Naturalmente —se apresuró a decir ella—, no permitiré que me perdone la deuda. A fin de cuentas, soy una McCallum, y pago mis deudas. Sin embargo, me causaría sumo placer demostrarle que se equivoca. ¿Te apetece seguirme la corriente?

Él dio un paso hacia ella, haciéndola retroceder hasta la valla del toril.

—Claro. Pero ¿hasta dónde estás dispuesta a llegar? —dijo él, sonriendo.

—No lo suficientemente lejos como para que me conviertas en otra muesca del poste de tu cama —respondió ella con nerviosismo.

—Yo preferiría atarte a ti al poste de mi cama —Bruce apretó su cuerpo alto y fibroso contra ella.

Su recio torso presionaba los pechos suaves y llenos de Lyndie. Su brazo le enlazó la cintura. Estaba atrapada.

Lyndie alzó la mirada hacia él, preguntándose qué ardides femeninos podrían domar a aquel macho. Su respiración comenzó a acelerarse y el cosquilleo que notaba en el vientre se convirtió en una humedad ardiente entre sus piernas.

—Yo... solo quiero ganar una apuesta —intentó desesperadamente mostrarse práctica y distante.

—¿Sabes?, hay un nombre para mujeres como tú. El dinero no es siempre la clave, ¿no? —él le apartó un mechón de pelo de los ojos.

Ella sintió que le ardían las mejillas.

—Bueno, al menos mi precio tú no puedes pagarlo.

Él echó la cabeza hacia atrás y rompió a reír.

—No estés tan segura de ti misma. Te sorprendería saber lo que puedo pagar.

Ella sonrió, intentando mantener la naturalidad, a pesar de que el olor de Bruce la turbaba y distraía. Poniéndose seria, dijo:

—Mira, esto será una pequeña broma entre nosotros. Sígueme la corriente, ¿quieres? Para darle una lección a Hazel —dijo, suplicante—. Mi tía mete las narices en todo lo que pasa en este pueblo. Le hace falta fallar de vez en cuando para aprender a no meterse en los asuntos de los demás..., incluyendo los míos.

Él acercó su cara a la de ella. El calor de su aliento calentó la mejilla de Lyndie.

—Yo juego contigo a lo que quieras, nena, pero ¿cuál será mi premio si gano?

Ella le mantuvo la mirada.

—No ganarás.

—¿Ah, no? —preguntó él con voz enronquecida por el deseo.

—No —afirmó ella justo antes de que sus labios se tocaran.

La boca de Bruce era cálida y exigente. Lyndie la sintió como una tormenta sobre la tierra quemada. La lengua de Bruce penetró en su boca hambrienta. Bruce la besó, y cada segundo de aquel beso parecía prometer una eternidad.

Lyndie sabía que tenía que apartarlo de ella. Un segundo no era una eternidad, le decía su lado racional, pero en los fuertes brazos de Bruce se transformó en temblo-rosa gelatina. Su cuerpo se volvió líquido hasta el punto de que solo el abrazo de él la sostenía en pie.

Pese a todo, Lyndie aceptó su beso, pre-guntándose quién era el seductor y quién el seducido. Con él, todo se volvía del revés.

La lengua de Bruce avivó dentro de ella una llama que derritió hasta sus partes más heladas.

Entonces surgió la pasión. Como un viento que traspasara su ser, Lyndie deseó a Bruce en cuerpo y alma.

De no haber estado entre las sombras del coso, ella habría sucumbido en ese preciso instante.

—¿La batalla es mía? —musitó él áspera-mente cuando se apartó.

—Pero no ganarás la guerra —dijo ella, casi jadeando.

—Cada combate a su tiempo, cariño. Puede que descubras que estamos del mismo lado.

Ella tenía ganas de llorar y de reír al mismo tiempo. Bruce le inspiraba emociones que creía que Mitch había destruido. Fue para ella un shock descubrir que aún estaba viva, respiraba y sentía, después de todo lo que había pasado.

Y también fue un shock comprender que

seguía teniendo esperanza, como si esta fuera una especie de piedra preciosa que, por más que ella se esforzara en negar su existencia, siguiera refulgiendo en su interior eternamente.

—Puede que esto no sea una buena idea —musitó, tocándose los labios como si todavía conservaran el calor del beso de Bruce. Se preguntaba si no habría tirado del rabo a una bestia dormida.

—Es una gran idea —dijo él, esbozando una sonrisa ladeada que le dio a su cara una expresión infantil.

Lyndie lo miró a los ojos y con cada latido de su corazón se disipó su esperanza de poder controlarlo.

—¿Empezamos esta noche? —Bruce puso la mano sobre su talle e intentó besarla otra vez.

Ella estuvo a punto de pegar un brinco.

—Bueno... no hace falta precipitarse. No puedo ganar enseguida. Esto tiene que parecer realista.

—¿Quieres decir que quieres una especie de desafío?

—Sí. Esto tiene que ser en cierto modo un reto, ¿no te parece? O Hazel no se lo creerá.

—Yo haré que se lo crea.

—De eso se trata —dijo ella más tranquila.

—Pero te advierto que no soporto que me provoquen.

—¿Qué crees que pienso hacer? ¿Aparecer a caballo en ropa interior cuando salgamos al campo? —ella se echó a reír—. Esto es un rancho. Sería un milagro que te dieras cuenta de que soy una mujer debajo de tanto polvo y tanto sudor.

—Tú eres la princesa de las braguitas. No sé qué vendes en esa tienda de Nueva Orleáns, pero no quiero que lo uses para provocarme.

—Esto consiste en engañar a Hazel —contestó ella—. No pretendo seducirte de verdad. Lo entiendes, ¿no?

Él asintió. Luego, con un áspero susurro, dijo:

—Lo sé. Porque voy a ser yo quien te seduzca a ti.


Lyndie no estaba acostumbrada al aire cortante de las montañas. Montada a lomos de Niña, paseando por las tierras de los McCallum, disfrutaba de la amplia vista de rocas, nieve y valles de un verde aterciopelado. Tomaron el desayuno en una cara de la Divisoria Continental y el almuerzo en la otra. Era la primera vez en su vida que Lyndie probaba el agua que fluía hacia dos océanos distintos.

—¿Qué tal te lo estás pasando? —le preguntó Anette, acercando su caballo a la yegua de Lyndie.

Esta sonrió.

—De maravilla. ¿Y tú?

—Esto es como un sueño hecho realidad. No tenía ni idea de que el paraíso estaba en Mystery, Montana.

Lyndie miró a su alrededor. En efecto, aquello era el paraíso. Los últimos rayos de sol doraban la ladera de la Divisoria, convirtiendo en oro líquido las cumbres nevadas. Largas sombras azuladas ascendían desde los valles para encontrarse con los tormentosos nubarrones del cielo. El escenario que la rodeaba era fascinante y amenazador como ningún otro.

Lyndie miró a Bruce, que cabalgaba en cabeza, cómodamente sentado en su silla de montar. Su caballo pisaba con seguridad la estrecha senda.

Llevaban así tres días. Después de su conversación en el rodeo, en lugar de seguirle el juego, Bruce no había hecho más que ignorarla. Ella estaba dispuesta a abandonar el juego. Era difícil fingir que seducía a alguien que ni siquiera la miraba.

—¿Por fin has decidido abrazar la vida del vaquero, Lyndie? —digo Roger a su espalda.

—Tendría que estar ciega para no disfrutar de esto —respondió ella, dándose cuenta de que era cierto. Durante tres días no había hecho otra cosa que comer, dormir y darle de beber a los caballos. Pero, a pesar del cansancio, sentía una paz que no había experimentado nunca en Nueva Orleáns, encerrada en su oficina de la trastienda.

Quizá hubiera algo de verdad en esa idea de regresar a la naturaleza. Montana conmovía su espíritu y curaba las heridas causadas por la vida urbana: la prisa, el estrés y la polución. Sí, tal vez estuviera dispuesta a abrazar la vida del vaquero.

Pero no abrazaría al vaquero en persona, pensó sarcásticamente mientras observaba a las dos hermanas de Los Ángeles flirteando con los guías de la expedición. Kim le había echado el ojo a Justin nada más verlo. Eso significaba que Susan se había quedado sin compañía masculina, exceptuando la de Bruce. Y Susan se encargaba de que Bruce nunca estuviera solo. Siempre se las arreglaba para que su caballo fuera justo detrás del de Bruce.

Lyndie ni siquiera se atrevía a acercarse a ellos, porque Niña y el caballo de Susan se llevaban a matar. Justin y Bruce le habían dicho que no dejara que la yegua se acercara a la de Susan, y viceversa, o corrían el riesgo de que empezaran a lanzarse dentelladas. Lo cual, naturalmente, acababa con cualquier deseo de acercarse a Bruce.

De todos modos, Lyndie ya se había resignado a perder la apuesta con Hazel. Aquella noche en el rodeo le había demostrado que estaba fuera de juego en lo que a las técnicas de seducción de Bruce atañía. Él era el donjuán, se dijo, mientras que ella no sabía nada de relaciones amorosas, como no fuera en su papel de amante y devota esposa. La seducción no había desempeñado un papel muy importante en su experiencia amorosa. Además, se dijo con amargura, estaba claro que no se le daba bien: su destreza amorosa no había logrado mantener a Mitch en el lecho marital.

—Hoy vamos a regresar pronto. Va a haber tormenta —dijo Bruce, haciendo girar a su caballo.

El resto de los jinetes lo siguió, y Justin guió la expedición durante el camino de vuelta.

—Malditos truenos —oyó Lyndie que mascullaba Bruce cuando un relámpago rasgó el cielo negro.

Niña estiró las orejas y empezó a resoplar. Unos segundos después, el retumbar del trueno puso al animal al borde del frenesí. La yegua aceleró el paso, pero como el caballo de Roger bloqueaba el camino, hundió los cascos en el borde del precipicio, causando un pequeño deslizamiento de rocas.

—¡So! —dijo Lyndie, intentando refrenarla.

—No le gustan las tormentas. Nunca le han gustado. Tendrás que venir conmigo si no quieres resultar herida.

Lyndie oyó a Bruce antes de sentir sus brazos. Él la levantó de la silla de un tirón y la montó sobre su caballo. Luego, agarró las riendas de Niña e intentó calmar a la yegua.

—Es su único defecto. Odia los truenos —masculló Bruce.

—A mí me pasa lo mismo. Yo también los odio —Lyndie intentó tranquilizarse apoyándose en el torso de Bruce, pero aquella sólida pared de músculo que sentía contra la espalda en lugar de calmarla la enervaba. Sobre todo, cuando él se movía. Entonces, cada curva de su pecho parecía quemarle la piel como un hierro al rojo vivo. Y el movimiento rítmico de la montura la hacía pensar en otras actividades que podían hacer juntos. Además, el olor de Bruce empezaba a convertirse en una especie de adicción para ella. Ahora, mezclado con el aroma penetrante de los pinos y del cuero enlustrado de la silla, su olor era un potente afrodisíaco.

—¿Estás cómoda? —preguntó él contra su pelo.

—Sí —respondió ella precipitadamente.

Él se echó a reír, y la paranoia de Lyndie aumentó.

—Pronto acabaremos el descenso. Si mañana quieres otro caballo, te conseguiré uno.

Ella miró a Niña.

—No, no quiero otro. Me gusta esta.

—Entonces, tal vez tengas que volver a montarte conmigo.

Ella se encogió de hombros y dijo:

—La próxima vez, conseguiré hacerme con ella.

—Reconozco que os complementáis muy bien. Debería decirle a Hazel que te la regalara.

—¿Regalármela? ¿Y dónde iba yo a meterla? ¿En el barrio francés? —preguntó ella.

—Puedes guardarla aquí.

Aquello era absurdo.

—Los vaqueros estáis todos chiflados —dijo ella, haciendo girar los ojos.

Él se echó a reír, y siguió riendo mientras descendían por la montaña.

La lluvia comenzó a caer en sinuosos mantos. El espectáculo de los rayos y los truenos contra el negro trasfondo de las montañas era majestuoso. Sentada en la mecedora del porche del barracón, Lyndie observaba la tormenta.

No había podido dormir, a pesar de que estaba rendida. Seguía pensando en Bruce, en las sensaciones que le había producido el contacto de su cuerpo y en el modo en que la había mirado durante la cena.

Todo el mundo comía en el comedor como una gran familia, en largas mesas de rancho. Bruce no la había honrado con su compañía, pero durante toda la cena Lyndie había sentido que la observaba desde el otro extremo de la mesa. Ella deseaba saber qué estaba pensando, lo cual seguramente era un error. Iniciar una relación en ese momento era sin duda lo peor que podía hacer, y más aún siendo el hombre en cuestión el monitor de un rancho para turistas de Montana que hacía mil años que no estaba con una mujer. Sin duda podían lanzarse pullas y medir su ingenio. Y él poseía cierta atracción animal. Era todo virilidad. El sol, el sudor y el polvo le iban como anillo al dedo. Sin embargo, Lyndie debía dejar de pensar en él. Era absurdo liarse con un vaquero sabiendo que ella pronto cabalgaría hacia el atardecer de Nueva Orleáns.

Además, no quería embrollarse otra vez en una relación. Solo conseguiría curarse de sus heridas cuando pudiera deshacerse del dolor que le había infligido Mitch, y Bruce Everett no era la panacea que podía lograr su curación. Ella necesitaba una relación auténtica; amor y compromiso. Una breve aventura puramente física solo conseguiría aumentar su melancolía. Y ya tenía melancolía de sobra.

Enfrascada en sus pensamientos, apenas notó que los cables de la luz chisporroteaban. De pronto, todo el rancho quedó a oscuras. Seguramente la tormenta había afectado al transformador.

Era muy tarde. Todo el mundo dormía profundamente en el barracón. Nadie notaría que se había ido la luz. Pero entonces Lyndie vio la luz de una linterna al otro lado de la esquina del establo. Había alguien levantado, echándole un vistazo a los caballos.

Se levantó de la mecedora y se puso el impermeable. Un paseo hasta el establo le despejaría la cabeza. Podía ver qué tal estaba Niña. Sin duda el pobre animal estaría asustado.

La puerta del establo se abrió y se cerró mientras ella se acercaba. La fuerte lluvia le impedía ver quién había allí. Esperaba que fuera Justin. Con él le resultaba mucho más fácil hablar.

Entró sigilosamente en el establo, cerró la puerta de madera y observó el redondel de luz amarilla de la linterna. Se irguió la silueta de un hombre. Era alto y musculoso y llevaba un sombrero de vaquero en la cabeza.

—¿No podías dormir? —preguntó Bruce.

Ella sacudió la cabeza y avanzó hacia él.

—Se me ocurrió venir a ver qué tal estaba Niña. Estaba preocupada, por la tormenta.

Él alzó la linterna y la observó a su luz vacilante.

—Buena idea. Quizá puedas sujetar la linterna mientas yo le saco la pata trasera. Ha dado una coz y la ha metido entre las tablas.

—¿Está herida? —el corazón de Lyndie se aceleró.

—Si consigo sacársela lo comprobaré. Puede que solo esté un poco dolorida. Espero que no se haya roto el corvejón intentando desengancharse.

—Dios mío, ojalá no —dijo ella, llevándose la mano a la boca.

—¿Me ayudas? —él le tendió la linterna.

—Claro, claro —dijo ella, tomando la linterna y acercándose con él al establo de la yegua.

Niña estaba en un rincón; tenía una de las patas traseras atrapada entre los maderos de la cuadra. Con cada trueno, el animal agitaba violentamente la pata y sacudía la cabeza.

—Háblale, a ver si puedes calmarla mientras yo me ocupo de su pata —le dijo Bruce a Lyndie.

Ella asintió y comenzó a hablarle en susurros a la yegua asustada y a acariciarle el cuello cubierto de sudor.

—Buena chica —murmuró él, y Lyndie se preguntó si se refería a ella o a la yegua—. Tranquila, tranquila… —Bruce asió la pata del animal con fuerza, como un herrero que se aprestara a herrarla. Luego, palpando el resto de la extremidad, metió la mano en el agujero que la yegua había abierto de una coz—. Puede que dé un salto, te lo advierto —dijo él. Lyndie no dijo nada. Bruce necesitaba luz, y ella estaba decidida a mantenerse firme y sujetar la linterna—. Ponle la mano en el freno. Así se distraerá.

Ella hizo lo que le decía. La yegua pareció calmarse en cuanto comenzó de nuevo a hablarle en susurros. Bruce tomó una palanca de hierro y rompió el tablón que mantenía atrapada la pierna de Niña. El crujido de la madera sobresaltó a Lyndie. La yegua dio un tirón hacia delante. Al mismo tiempo, Bruce le liberó la pata.

—No se apoya en ella, pero yo no veo sangre —dijo Lyndie, deseando desesperadamente que la yegua no hubiera sufrido daños.

Bruce estuvo largo rato masajeando y acariciando la pata del animal. Lyndie lo observaba, cautivada por el contraste entre su fuerza y su ternura. Sus grandes manos eran seguramente capaces de infligir dolor, y sin embargo la yegua respondía a su contacto como un gato al que acariciara su dueño. De pronto, Lyndie recordó el contacto de sus manos en el molino. Sus caricias eran firmes y, al mismo tiempo, seductoras. Aquel hombre era un peligro...

Saliendo de sus pensamientos, retrocedió para que Bruce pudiera sacar a la yegua de la cuadra.

—¡Está bien! —exclamó Lyndie al ver que el animal se apoyaba en la pata herida.

—Seguramente mañana tendrá la pierna un poco dolorida. Puedes llevar otra montura si salimos al monte, aunque por lo que ha dicho el hombre del tiempo, no creo que podamos ir a ninguna parte —frotó el hocico de la yegua con el revés de la mano.

—Estás sangrando —balbució ella.

Él se miró la mano.

—No es nada. Me cortado un poco con los tablones.

—¿Hay por aquí un botiquín? Puedo vendártelo.

Él se echó a reír.

—¿La princesa de las braguitas también es enfermera? Dios mío, cuánto talento tiene, señorita Clay.

—Eh, que solo pretendía...

Él la tomó por la cintura y la atrajo hacia

sí. La miró un instante y observó sus rasgos, como si intentara interpretar su expresión.

—¿De qué tienes miedo?

—¿Miedo? Yo no tengo miedo —dijo ella.

—Sí. Tienes miedo. Juegas a estos jueguecitos con Hazel y conmigo porque así no tienes que afrontar la verdad.

—¿Y cuál es, según tú? —su rostro se sonrojó de ira.

—Que no estás dispuesta a arriesgarte. A divertirte. Que tienes miedo de que te guste.

—Me divierto mucho en Nueva Orleáns, te lo aseguro. Allí me lo paso bomba —dijo ella atropelladamente.

Él le acarició la curva del cuello con la mano sana. Cada una de sus caricias era como una lengua de fuego.

—Relájate, princesa. Te lo ruego —musitó él, inclinándose hacia ella.

Ella cerró los ojos con fuerza y devoró la boca de Bruce como una hambrienta. Lo que él había dicho no era cierto, pero por alguna razón ella no podía sacarse sus palabras de la cabeza. Arriesgarse era demasiado peligroso, teniendo el corazón roto. Pero, aun así, abrió la boca para dejar que la lengua de Bruce penetrara en ella.

El beso se hizo más intenso y ardiente. La mano de Bruce se deslizó por su costado. Ella sintió con un sobresalto eléctrico que le tocaba el pecho. Él acarició su pezón por encima de la tela del sujetador y la camisa.

—¿Nunca has hecho el amor a la luz de una linterna? ¿Con el cielo y la tierra desatándose sobre tu cabeza? —musitó él, y su voz se confundió con el tamborileo de la lluvia en el tejado.

Niña resopló y tomó un bocado de heno del pesebre de otro caballo.

—Por supuesto que no. Las personas adultas no hacen esas cosas —protestó ella con voz pastosa.

—Entonces, dime, ¿qué hacen las personas adultas? —dijo él suavemente, apretando su cintura y atrayéndola hacia sí.

—Van a cenar. Mantienen relaciones sexuales en una cama de verdad, con agradables sábanas limpias y una ducha a mano.

—Yo no estoy hablando de mantener relaciones sexuales, nena. Estoy hablando de hacer el amor.

Ella se quedó de piedra. Estaban hablando de cosas distintas.

Después de su experiencia con Mitch, imaginaba que solo podría volver a mantener relaciones sexuales, pero jamás hacer el amor. Eso último requería demasiado valor.

Bruce la besó de nuevo, profundamente. Sus labios rozaron el cuello de Lyndie y luego se deslizaron hasta la abertura de su impermeable. Se lo desabrochó. Luego, la tumbó en un rincón, sobre una montón de paja fresca.

—No puedo hacer esto —susurró ella con voz apenas audible.

—¿Por qué? ¿Porque tal vez sientas algo? —preguntó él, tumbándose sobre ella—. ¿Porque no hay peor infierno sobre la tierra que vivir y no sentir nada?

Bruce le acarició la cara y luego acarició su clavícula por encima de la camisa abotonada.

Él tenía razón, por supuesto. Llevaba meses viviendo abotargada y medio muerta. La traición había acabado con su vitalidad.

Lyndie gimió, rindiéndose, mientras él le desabrochaba la camisa. Bruce tomó en la boca uno de sus pezones a través de la tela del sujetador rosa, humedeciéndolo. El placer se difundió por la sangre de Lyndie como una droga. Luego, como un jarro de agua fría, las luces se encendieron.

Lyndie yacía sobre el heno, mirando a Bruce, avergonzada por hallarse medio desnuda y expuesta bajo las ásperas luces de los fluorescentes del establo.

Bruce miró las luces, maldijo en voz baja y se apartó de ella. Se alisó la ropa, la ayudó a levantarse y le quitó la paja del pelo.

—Bueno, supongo que soy el ganador de

este asalto —dijo con sorna mientras ella luchaba con los botones de su camisa.

—¿El ganador? ¿De qué? —preguntó ella, sin entenderlo.

—Del juego de la seducción.

Ella alzó la mirada. Él la estaba mirando con desafío.

—El juego aún no ha acabado —musitó y, agarrando su impermeable, volvió corriendo al barracón.

# Capítulo seis

LYNDIE odiaba a Bruce. La humillación que le habían causado sus palabras de despedida la llevó a concluir que lo detestaba profundamente.

Para colmo, se encontró atrapada con él en el comedor un día entero durante el cual no cesó de llover. Mientras los otros jugaban a las cartas y bebían té junto a la enorme chimenea de piedra, Lyndie permanecía sentada en un rincón, jugando al solitario en su ordenador portátil.

Lo mejor sería hacer las maletas, se dijo. Jugar con un vaquero era una pérdida de tiempo y de energía. Era un camino que no llevaba a ninguna parte. O peor aún.

Además, tampoco quería sentir aquel torrente de emociones. En lo que a Bruce atañía, no parecía haber término medio. O se rendía incondicionalmente a él o luchaba con todas sus fuerzas. Parecía inspirarle una pasión que no conocía blandura, sino únicamente fuego y consumación.

Pero no era amor.

El amor era reposo y seguridad, no aquella emoción terrible y cruda que yacía desnuda en su interior, tan desnuda como ella se había sentido cuando las luces fluorescentes se encendieron.

—¿Qué haces? —preguntó Susan, asomándose por encima de la pantalla del ordenador.

Azorada, Lyndie salió del sistema y apagó el ordenador.

—Nada. Estaba trabajando. Intentando ponerme al día.

Susan sonrió. Era una mujer muy menuda, con el pelo castaño y liso y cierta debilidad por la ropa negra. Muy de Los Ángeles.

—Supongo que debe de resultar muy difícil ponerse al día en el trabajo cuando una se pasa la vida persiguiendo a un vaquero.

Lyndie se quedó de una pieza.

—¿Y por qué iba a hacer yo eso?

—Bruce Everett y tú sois la comidilla del rancho —Susan le lanzó otra sonrisa malévola—. Debo admitir que estoy terriblemente celosa.

—Bueno, claro… Quiero decir que yo no… O sea que no tienes por qué estarlo —tartamudeó Lyndie—. Celosa, quiero decir. Entre Bruce y yo no hay nada. Solo me monté con él porque a mi caballo le dan miedo los truenos.

—El mío, en cambio, es tan constante como esta lluvia que no deja de caer —suspiró Susan—. ¿Sabes?, en Los Ángeles tengo un novio estupendo. Pero en cuanto vi a Bruce Everett empecé a replantearme nuestra relación.

—Eso sería un error. Bruce es guapo, lo reconozco, pero…

—¿Guapo? —exclamó Susan—. ¡Pero si es como un dios griego!

Por alguna extraña razón, Lyndie estuvo a punto de atragantarse.

—Pues, si estás interesada en él, por mí adelante. Yo no tengo nada con él.

—¿Lo dices en serio? —Susan parecía perpleja.

—Claro —contestó Lyndie sucintamente.

A fin de cuentas, a ella qué más le daba lo que hiciera una mujer de Los Ángeles con aquel vaquero, se dijo, esperando que su sentido común disipara el conflicto que sentía por dentro; una sensación que, si no se engañaba, se parecía a los celos.

Lyndie alzó la mirada. Bruce acababa de entrar en el comedor. Ella le lanzó una mirada desdeñosa y añadió:

—Es todo tuyo —se levantó como si se dispusiera a irse.

Susan la miró fijamente.

—Vaya, gracias —dijo.

—No hay de qué —Lyndie se fue sin mirar atrás.

La mañana siguiente amaneció fría y despejada. Lyndie se levantó temprano y fue a ver a Niña a la cuadra. Como había dicho Bruce, la yegua estaba dolorida, pero no parecía sufrir ningún daño importante.

—¿Quieres llevarte a Pálpito hoy? —le preguntó Justin mientras llenaba de pienso los cubos de los caballos.

Lyndie se encogió de hombros.

—Estoy pensando en tomarme el día libre. Quiero ir a ver a Hazel para decirle que pienso marcharme antes de lo previsto.

—¿De veras? —Justin parecía muy interesado.

Ella se encogió de hombros.

—¿Crees que esta tarde podré salir a dar un paseo con Niña, si se encuentra bien? Me encantaría dar una vuelta con ella antes de irme.

—Si está bien, no sé por qué no. Pero tendrás que preguntárselo a Bruce. Él es quien dice quién entra y sale de aquí.

—Pero sin duda no tiene esa potestad sobre los huéspedes —ella sonrió, intentando aparentar una seguridad que no sentía.

—Sí, señora —Justin se tocó el ala del sombrero.

Lyndie acarició el hocico de la yegua y se dirigió al barracón. Justin la miró marchar y luego se encaminó al teléfono del cuarto de guarniciones.

—Hazel, soy Justin, el del rancho Mystery —Justin escuchó un momento y luego siguió hablando—. Tengo noticias muy interesantes para ti. Ella piensa marcharse antes de lo previsto —volvió a escuchar e hizo una mueca al oír el torrente de maldiciones procedentes del otro lado de la línea—. Sí. Hoy va a pasarse el día en el barracón —asintió. Luego asintió otra vez. Después, colgó.

La excursión a caballo de la mañana ni siquiera había empezado cuando Lyndie oyó que llamaban con fuerza a la puerta de su habitación. Convencida de que era Bruce, abrió de golpe la puerta con expresión de fastidio.

Pero no era Bruce. Era Hazel. Su tía abuela tenía una expresión al mismo tiempo preocupada y exasperada.

—¿Qué te trae por aquí, Hazel? —Lyndie le indicó que entrara.

—Me han dicho que otra vez estás pensando en marcharte, y no me importa decirte que me siento un poco ridícula por tener que insistir tanto para que te quedes.

Lyndie se frotó los ojos. Sabía que los tenía rojos e hinchados por la falta de sueño.

—Esto no sirve de nada, Hazel. He intentado relajarme, pero… —entonces cayó en la cuenta de una cosa—. Oye —exclamó—, ¿y tú cómo sabes que quiero marcharme? ¿Es que has puesto micrófonos por aquí? ¿O es que tienes espías en el rancho?

—No digas tonterías. Vas diciéndole a todo el mundo que quieres marcharte, ¿o no? —Hazel se sentó en la mecedora como si estuviera en su casa.

Lyndie asintió.

—Bueno, supongo que sí.

Hazel pareció inexplicablemente aliviada.

—¿Y qué hay de nuestra apuesta? —la ganadera lanzó una mirada hacia la puerta abierta.

Fuera, Bruce y Susan se estaban riendo de alguna broma mientras se preparaban para montar junto con el resto del grupo.

—Acepta una pequeña advertencia amistosa de una anciana, querida. No creo que estés haciendo gran cosa para ganar la apuesta.

—Quizá Bruce y Susan se complementen mejor. Además, intenté seducirlo y no funcionó. Prefiero gastar las pocas energías que tengo trabajando en mi tienda.

—¿Por qué te resistes tanto?

Las palabras de Hazel desarmaron a Lyndie. Casi sin que se diera cuenta, las lágrimas empezaron a rodar por sus mejillas. Se sentó resignadamente al borde de la cama.

—No sé, Hazel. Cuando a una se le ha deshecho el mundo, ya no puede relajarse.

—Tonterías. Tu mundo acaba de empezar a asomar por el horizonte. Solo necesitas un buen hombre, una tormenta de nieve y una buena botella de vino. Créeme, de ese modo verías mundos a montones.

Lyndie se echó a reír entre lágrimas.

—Si tus ardides amorosos son tan estereotipados, Hazel, me extraña que presumas tanto de ellos.

—He unido a más de una pareja en feliz matrimonio solo con el hombre y la tormenta de nieve —dijo Hazel con orgullo. Se levantó y la mecedora crujió, balanceándose—. Pero solo Dios puede fabricar una tormenta de nieve, cariño —añadió.

—Y tú no eres Dios, Hazel —concluyó Lyndie.

Hazel sonrió y sus ojos volvieron a brillar.

—No, pero casi. No lo olvides —Lyndie se echó a reír otra vez—. Tienes mucha vida dentro, Lyndie. Y, o consigo que te relajes, o seré como una ternera en una ventisca.

—¿Como qué? —Lyndie abrió los ojos con asombro.

—Cosas de rancheros —dijo Hazel, haciéndole un guiño—. Mira, te prometo dejarme de alcahueterías, pero tienes que prometerme que te quedarás. ¿De acuerdo?

—Me quedaré una semana. Luego, tengo que empezar a reunir el dinero que te debo —Lyndie contuvo el aliento.

—Está bien, una semana. Pero intentarás divertirte. Y nada de trabajo, ¿entendido?

—Entendido. En realidad, creo que el otro día en el baile lo hice bastante bien, ¿no crees?

Hazel se echó a reír.

—Esa noche demostraste que eres una auténtica McCallum, querida. Unos cuantos días más así y, si sigues empeñada en marcharte, yo no intentaré retenerte.

Lyndie tomó la mano de su tía y la apretó.

—¿Desde cuándo eres tan razonable, Hazel?

Su tía abuela frunció el ceño.

—Desde que mi propia familia me lleva la contraria.

Lyndie se echó a reír. Empezaba a creer que el resto de la semana podría ser incluso divertido. Siempre y cuando, naturalmente, cierto vaquero se mantuviera a distancia. Y si ella no se derretía otra vez y empezaba a desear que le tocara la cara la espalda y el...

Intentó quitarse de la cabeza aquella idea. Todo dependía de ella. Iba a pasar una semana en el rancho, y podía ingeniárselas para evitar la compañía de Bruce. Podía divertirse

sin él, aunque ello significara pasarse la semana encerrada en el barracón, jugando a la
herradura.

# Capítulo siete

LYNDIE estaba decidida a soltarse el pelo. Y, si no podía ser con Bruce Everett, ya encontraría a otro en Montana, el paraíso de los vaqueros.

Nunca le había gustado mucho salir de copas, pero había convencido a Susan y a su hermana Kim para aventurarse con ella esa noche en un barrio muy ruidoso y pintoresco llamado Katown.

Esa tarde sacó a Niña a dar un paseo y le pareció que la yegua se estaba recuperando bastante bien. Justin se unió a ella y la acompañó durante el corto paseo.

Lyndie quería saber dónde estaba Bruce, pero se abstuvo de preguntar. A ella no le importaba. Sí, Bruce era guapo, pero sus encuentros con él eran tan volátiles que no se sentía capaz de controlarlos.

Lo que le hacía falta era ligar un poco en un bar. Algo sin importancia.

—Me he enterado de que tenéis pensado ir a Katown —dijo Justin cuando regresaban al establo.

—Sí, nos lo estamos pensando —Lyndie le acarició el cuello a la yegua.

—¿Has estado allí alguna vez?

Lyndie sacudió la cabeza.

—No, ¿por qué?

—Porque la gente de allí es muy bruta. A principios del siglo pasado era una especie de barrio chino donde se realizaban las operaciones clandestinas relacionadas con la minería a este lado de la Divisoria. Una vez, la abuela de Hazel estuvo a punto de quemar un bar hasta los cimientos porque quería librar a la ciudad de las sabandijas que venían arrastrándose hasta Mystery.

—Suena perfecto —dijo Lyndie con satisfacción.

—Bruce no va a dejar que vayáis solas. Lo sabes, ¿no? —dijo Justin.

—¿Y a él qué le importa?

—Sois huéspedes del rancho. Los clientes siempre tienen la razón, pero eso no significa que vayamos a permitirles salir del rancho haciendo autostop. Alguien tendrá que llevaros, y supongo que será Bruce.

—Está bien. Que haga de chófer, si quiere. Nunca he tenido uno.

—No se limitará a llevaros, eso tenlo por seguro. Ni siquiera en el rancho te quita la vista de encima.

Lyndie le lanzó una mirada extraña.

—¿Qué quieres decir con eso?

Justin se encogió de hombros y puso una

expresión indiferente.

—Nada —dijo, y, al llegar a la cuadra, dejaron sus monturas en manos del mozo.

El trayecto hasta Katown resultó violento. Lyndie se sentó en la tercera fila de asientos del enorme todoterreno del rancho que conducía Bruce. Justin y Kim iban en medio. Sin embargo, la tensión entre Lyndie y Bruce era palpable.

Kim flirteaba con Justin. Susan charlaba con Bruce en el asiento delantero. Lyndie no estaba segura, pero creía que Bruce la observaba por el espejo retrovisor. Como de costumbre, era incapaz de leer su expresión inescrutable y hosca. Ignoraba si estaba pensando en ella. Lo único que sabía era que, cada día que pasaba, Bruce se le metía más bajo la piel.

Esa noche iba decidida a quitárselo de la cabeza de una vez por todas.

—Tengo que advertiros, chicas —dijo Justin—, que Katown no es precisamente un lugar agradable. En la mayoría de los bares, la orquesta está detrás de una jaula de barrotes de hierro. Es un sitio célebre por su dureza.

—¿Y hay vaqueros allí? —preguntó Lyndie temerariamente.

Justin se quedó callado un momento.

—La mayor parte de los tipos que van allí son mineros o mozos de rancho con ganas de emborracharse. No van muchos vaqueros, por lo menos de los que vosotras os imagináis.

—Pero tú eres un auténtico vaquero, ¿no? —le preguntó Kim, apretándole la mano.

—Yo me crié en un rancho ganadero. Y a mí me enseñaron a tratar a las damas como tales —Justin resopló—. Pero no puede decirse lo mismo de los tipos que frecuentan Katown. Todos os dirán que son vaqueros, solo por fanfarronear.

Lyndie empezó a preguntarse si su noche de juerga no sería una mala idea. Pero antes de que pudiera llegar a alguna conclusión, tomaron un camino polvoriento y entraron en un pequeño cruce situado tras el barrio de Bitterroot. Bruce aparcó el todoterreno. Justin ayudó a Kim, a Susan y a Lyndie a bajar del coche.

Ya se oía a los hombres que peleaban en la taberna llamada La Vara Rota, situada al otro lado de la calle. Frente a ella había aparcadas más motocicletas que camionetas.

—Yo no quiero entrar ahí —dijo Susan con nerviosismo.

—Podéis volver al rancho, si queréis —dijo Lyndie—. Yo puedo llamar a un taxi para que me lleve.

Bruce parecía casi enfadado.

—Claro. Pero si te dejamos aquí sola, no necesitarás un taxi. Puede que nunca te encontremos.

Lyndie sonrió.

—No seas tonto. Yo sé cuidar de mí misma.

—Me gustaría verlo.

Lyndie se sintió como si él acabara de arrojarle el guante. Susan parecía nerviosa y se agarró con fuerza al brazo de Bruce. Al verlo, Lyndie sintió una punzada de celos.

—Pues prepárate —dijo, y se dirigió a la entrada de un bar llamado Cimarrón azul.

El local era oscuro y estaba lleno de humo que se mezclaba con olor a sudor y cerveza derramada. Un cuarteto country tocaba en el rincón más alejado. Lyndie se tranquilizó al ver que no estaba encerrado en una jaula. Claro que los componentes de la banda parecían incluso más velludos y taimados que la clientela.

—¿Qué se te ofrece, preciosa? —le preguntó el camarero cuando Lyndie se acercó tímidamente a la barra.

—Eh… —Lyndie solo sabía que no quería whisky.

—¡Ponle un whisky! —gritó un hombre desde el otro extremo de la barra. Era un tipo enorme, con una barba poblada y negra y un tatuaje en el que se veía una calavera llameante y una rosa.

—No, eh, yo en realidad… —balbució ella mientras le ponían delante un whisky.

—Invita Joe —le dijo el camarero, señalando al tipo de la barba.

—Gra…gracias —Lyndie intentó disimular una mueca de repugnancia, pero no le pareció que lo consiguiera.

Sin embargo, Joe se acercó a ella y la rodeó con el brazo.

—Madre mía, qué cosa más bonita. ¿De dónde eres, preciosa? —sonrió. Tenía los dientes manchados de tabaco, pero por los menos los tenía.

—De Nueva Orleáns.

—¡Nueva Orleáns! Allí tenéis unas juergas bestiales, ¿no?

Lyndie dejó escapar un leve suspiro de exasperación.

—La verdad es que yo lo único que hago allí es trabajar. Trabajar, trabajar y trabajar, y nada más. Lo siento.

Dio un sorbito al vaso de whisky. El tipo de la barba le sonrió con sus dientes amarillos.

—Es un placer conocerla, señorita.

A Lyndie no le apetecía lo más mínimo hablar con aquel patán, pero por el espejo de detrás de la barra vio que Bruce y el resto del grupo entraban en el bar. Y no quería que la vieran perdida o asustada.

Joe la miró fijamente y bebió un largo trago de whisky.

—Bueno, ¿y a qué te dedicas en Nueva Orleáns, preciosa?

Ella abrió la boca para contestar, pero luego se lo pensó mejor. No tenía sentido inflamar las llamas de Joe con visiones de braguitas y sujetadores de seda.

—Soy maestra. De... guardería.

Se sintió un poco mal por mentirle, pero le pareció lo más prudente.

—Yo ni siquiera acabé el bachillerato —dijo él, estrujándola.

Ella se preguntó cómo iba a conseguir que la soltara.

—Qué interesante.

—Acabas de conocer a un verdadero montañés, ¿verdad, Ian? —dijo Joe, guiñándole un ojo al camarero—. Yo vivo de la tierra, cariño. Cazo y pesco y he de decirte, preciosa, que estás realmente apetitosa para un tipo que ha pasado mucho tiempo en las montañas —Lyndie se quedó sin habla—. ¿Qué te parece si intimamos un poco más?

Joe le pasó la manaza por la espalda. A Lyndie le pareció que le daba una palmadita en el trasero, pero como no estaba segura, no quiso armar una escena.

—¿Quieres decir que las mujeres de por aquí no se matan por vivir entre el esplendor de las montañas? —dijo, confiando en que él no advirtiera su ironía.

—Bah, no quiero hablar de ellas. Quiero hablar de ti, preciosa —dijo, estrujándola de nuevo.

Esta vez, Lyndie notó con claridad que le tocaba el trasero. Intentó apartarse, pero él la apretó con más fuerza. Ella dijo fríamente:

—Oye, mira, no me importa que charlemos un rato, pero preferiría que no me sobaras.

—¿Quién te estás sobando, eh? No seré yo, ¿no? Yo solo soy un buen chico que ha bajado a la ciudad a pasar un buen rato —se inclinó para besarla.

Ella intentó apartarse y le espetó:

—Mira, puede que tú te creas una leyenda, pero a mí no me impresionas. Así que ¡las manos quietas!

Los ojos de Joe se helaron de rabia.

—Tú, señoritinga… Vienes aquí pensando que eres demasiado para nosotros, ¿eh? Pues te voy a dar un revolcón que te va a poner en tu sitio…

Lyndie dejó escapar un gemido mientras intentaba desasirse. Empezaba a darse cuenta de que no podría librarse de él cuando alguien le quitó de encima a Joe de un empujón.

—Ha dicho que te largues —Bruce, con expresión llena de ira, estuvo a punto de levantar a Joe del suelo.

—¿Quién eres tú? —gruñó Joe.

—No hace falta que sepas quién soy, sino que me escuches —respondió Bruce ásperamente.

Lyndie estaba preparada para la respuesta de Joe. Pero no se esperaba que le pegara un puñetazo a Bruce en el ojo. Instintivamente, quiso correr a su lado para ver si estaba bien. Pero ella estaba completamente fuera de su elemento. Bruce ignoró su grito y le asestó a Joe varios puñetazos en el estómago.

—¡Basta! —gritó ella, pero no la escucharon—. ¡Parad de una vez! —gritó de nuevo, mientras Bruce se abalanzaba sobre Joe como un demente.

Joe, ensangrentado y dolorido, comenzaba a parecer asustado.

—¡Parad, por favor! —gritó ella antes de que otros hombres se unieran a la refriega. Bruce contuvo el golpe final y Joe se dejó caer contra la pared—. No puedo creerlo —gimió ella, mirando a Bruce.

—Pues créetelo —dijo él con furia—. Ya tienes lo que querías. Hemos estado aquí. Ahora nos vamos.

—¡Yo no quería esto! Solo quería salir un rato —ella miró a su alrededor.

Justin estaba abrazando a Kim y a Susan, como si intentara consolarlas. Todo el mundo los miraba a Bruce y a ella.

—Tal vez su novio tenga razón, señorita. Quizá deberían marcharse —le sugirió el camarero.

Bruce la agarró de la mano. La sacó a rastras del bar y la llevó hacia el todoterreno.

—Créeme —le imploró ella—, nunca pensé que pasaría una cosa así. Yo sé cuidar de mí misma... —él se paró en seco y la miró fijamente. De pronto, Lyndie se sintió una estúpida—. Lo siento. Puede que ahí dentro no pudiera cuidar de mí misma. Supongo que debo admitirlo y darte las gracias.

—No quiero que me des las gracias —dijo él secamente.

—Entonces, ¿qué quieres? ¿Que me disculpe? Mira, lo siento, pero no tenía ni idea de que pudiera ocurrir una cosa así, y desde luego no quería que te pusieran un ojo morado.

—Tampoco quiero que te disculpes.

Ella lo miró, derrotada.

—Entonces, ¿qué quieres? ¿Mi sangre? ¿Qué más quieres?

—Esto...

Bruce la agarró de la barbilla y le alzó la

131

cabeza. Luego, le plantó un beso apasionado en los labios.

—¡Guau!

Aquella exclamación los dejó helados. Lyndie se apartó de Bruce y vio que Justin, Susan y Kim los estaban mirando. Ella se sonrojó, avergonzada, sintiéndose culpable. Susan le había dejado muy claro que iba tras Bruce, y ella le había dicho que no estaba interesada en él. Ahora parecería en el mejor de los casos una hipócrita y en el peor una embustera.

—Esto… esto no es lo que parece —tartamudeó, intentando insuflarle algún sentido a aquella noche absurda.

—Pues a mí me parece que está bien claro —comentó Justin.

—A mí también —dijo Susan suavemente.

—Todo el mundo al coche. Volvemos al rancho —ordenó Bruce ásperamente, mirándola como si de algún modo también lo hubiera traicionado a él.

Resignándose a padecer un viaje de regreso aún más embarazoso que el de ida, Lyndie fue a montarse en el coche, pero descubrió que Susan le había quitado el asiento. Kim y Justin iban en el asiento del medio, así que no le quedaba más remedio que sentarse en el de delante, con Bruce.

Subió en el todoterreno, confundida y apenada. Deseaba desesperadamente decir algo que excusara su comportamiento, pero no podía, pues todos habían presenciado lo que estaba claro como el agua. Bruce y ella se habían besado, y aquel no había sido su primer beso. Y, aunque a él hubiera podido mentirle, no podía engañarse a sí misma. Había permitido que Bruce la besara. Había deseado que la besara.

Torciendo los labios en una amarga sonrisa, intentó pensar en algo divertido que hiciera el viaje de vuelta más tolerable. Pero no se le ocurrió nada. No emitió ningún sonido. Ni Bruce tampoco, hasta que salieron de Katown como almas que llevara el diablo.

# Capítulo ocho

LA lluvia empezó alrededor de medianoche. Lyndie lo supo porque hacía casi una hora que habían vuelto al rancho.

Bruce los había dejado sin ceremonias en el barracón y se había ido al garaje a aparcar el todoterreno. Lyndie no había vuelto a verlo, pero había luz en su cabaña.

Frías gotas de lluvia rociaban su cara mientras se mecía en el porche y observaba la raya de luz amarilla que salía bajo la puerta de Bruce. La cabaña estaba a más de cien metros y parecía incluso estar más lejos con aquella neblina. Pero pese a la distancia, percibía con claridad que, emocionalmente, se hallaba en un universo en el que regían las leyes de la sinceridad y la valentía, a diferencia del de ella, en el que el miedo y el dolor eran la norma.

Deseaba odiar a Bruce. Este representaba todo cuando Mitch le había hecho. Su arrogancia y sus maneras de seductor eran iguales a las de Mitch, y eso la asustaba. En lugar de comportarse como una adulta y decirle a Bruce que no estaba preparada para tener una aventura con él en ese momento, se ponía a jugar con fuego y lo besaba. Y luego huía despavorida. Las personas adultas no se comportaban de ese modo, se dijo con reproche. Pero la niña que llevaba dentro siguió llorando.

Tenía que pedirle perdón. Él la había protegido y en cambio ella había intentado divertirse a su costa. En realidad, no había hecho otra cosa desde su llegada a Mystery.

A lo lejos, una oleada de luz amarilla iluminó la lluvia. Lyndie alzó la cabeza y vio que la silueta de Bruce se recortaba en la puerta abierta de su cabaña.

Su reacción instintiva fue levantarse, como si se aprestara a...

Un escalofrío la recorrió al ver que él avanzaba hacia ella en medio de la oscuridad y la lluvia. El aguijón helado del agua le azotaba la cara, pero Lyndie apenas lo notaba. Solo lo veía a él, caminando hacia ella. Lo único que oía era el tamborileo de la lluvia sobre las tablas.

Lo vio acercarse, su sombra haciéndose más grande y amenazadora a cada paso. Por fin, cuando estuvo lo bastante cerca para verla, Bruce se detuvo, empapado por la lluvia y tenso, y la miró como si ella fuera una presa.

—Lo siento —susurró ella. Tenía un nudo

de emoción en la garganta.

—No he venido buscando una disculpa —dijo él ásperamente.

—Entonces, ¿a qué has venido? —preguntó ella en voz baja. Pero era una pregunta retórica. Ella ya lo sabía.

—Desde el día que te vi, algo volvió a la vida dentro de mí. Algo que creía muerto. Esa noche en el molino, comprendí que te deseaba. Desde entonces, no he podido pensar en otra cosa.

Lyndie aceptó sus palabras con la avidez de un mendigo, y se despreció por ello. Su reacción le demostró que el juego se había acabado. Ya no había necesidad de protegerse, porque él había vencido. La había obligado a reconocer su deseo. Ella también se sentía de nuevo viva. Seguía siendo una mujer.

Aturdida y sin embargo extrañamente feliz, Lyndie retrocedió y abrió la puerta del barracón. La luz del interior se derramó sobre el porche y sobre Bruce. Él la miró entre la lluvia. Tenía los vaqueros empapados y la camiseta se le pegaba al cuerpo como celofán transparente. Era alto y musculoso, hosco y sin embargo tierno.

La atracción que ella sentía era irrefrenable, y ya no quería seguir refrenándola.

Lyndie entró lentamente en el barracón y dejó la puerta abierta. Él la siguió. Quedó aislada del mundo exterior cuando oyó que él cerraba la puerta y se apoyaba contra ella como si quisiera protegerlos a ambos usando su espalda de barricada.

Parecieron pasar largos minutos mientras Lyndie miraba al hombre empapado que tenía ante ella. Él tendría frío, pensó, pero no temblaba. Se limitó a observarla hasta que, de pronto, tendió los brazos hacia ella, y ella dejó que la abrazara, ajena a sus ropas mojadas.

Bruce la besó, apoderándose de su boca, explorándola con la lengua. Los labios de ella palpitaban de deseo. Se sentía embriagada cuando Bruce se apartó para quitarse la camiseta. Lyndie pudo ver lo que no había visto en el molino.

El pecho de él tenía tersas prominencias y estaba suavemente salpicado de vello negro. Era acero bajo terciopelo. Sin poder evitarlo, Lyndie apoyó la mano sobre él para ver si era tan erótico al tacto como a la vista. No se sintió defraudada. El calor que sentía en la mano se difundió por su vientre y sus muslos. El vacío que sentía dentro se hizo insoportable. Quería a Bruce encima de ella, cubriéndola, dentro de ella. Quería estar con él esa noche entera y tal vez también la siguiente y la siguiente. Su sed era insaciable.

Él la asió por la nuca y la atrajo hacia sí. Sin decir nada la besó de nuevo, desabrochándose al mismo tiempo los vaqueros empapados y moviendo las manos de Lyndie hacia la cinturilla para que lo ayudara a quitárselos. Ella gimió cuando él le bajó la cremallera de la chaqueta de lana. Para salir al porche, solo se había puesto la chaqueta y los vaqueros.

Bruce pareció complacido al encontrar un acceso tan fácil. Se deshizo de la chaqueta y deslizó la mano bajo la brillante seda rosa.

La resistencia de ella se derrumbó. Tal vez fuera en parte por sentir la palma callosa de Bruce sobre su pecho, o el sorprendente calor de la boca de él en sus pezones. Pero, al final, fue sobre todo su olor. Mitch siempre había olido a perfume caro y a almidón, Bruce olía a lluvia y a viril excitación.

Solo había un modo de librarse de aquella extraña atracción. Eran tan distintos, pensó Lyndie mientras él se sentaba al borde de la cama y la atraía hacia sí. Y, sin embargo, todo parecía natural. Las manos de Bruce le daban seguridad y calor, incluso cuando sus últimas prendas desaparecieron. Las palabras de él la hacían pensar en el momento y en su propio deseo, manteniéndola alejada de todo cuanto era prudente y racional.

Finalmente, con un beso apasionado,

Bruce se tumbó sobre ella. Estaba desnudo y excitado, y ella lo deseaba como un alcohólico desea una copa. Su sed se había vuelto insaciable, incluso destructiva, pero ya no le importaba.

Él le abrió los muslos con la mano y la penetró. Su respiración se hizo más rápida. Ella gimió. Sentirlo dentro de sí era el éxtasis. No quería que se saliera nunca de ella.

Lyndie alzó las manos hasta su pecho y sintió que el martilleo de su corazón comenzaba a confundirse con el ritmo de sus embestidas. Sus piernas tensas y musculosas se frotaban contra los muslos suaves y femeninos de Lyndie. Luego, él se volvió más fiero y exigente, y ella lo siguió, dejándose finalmente arrastrar por un frenesí largo y enloquecedor. La caída fue exquisita.

Lyndie retuvo su orgasmo dentro de sí hasta que las lágrimas llenaron sus ojos cerrados. Aquella sensación exaltaba la vida y, sin embargo, resultaba aterradora. Saciaba, pero era al mismo tiempo agónica.

Bruce la miró fijamente. Lyndie se aferró a él, a pesar de que tenía la espalda empapada de sudor. Por fin, cuando él no pudo aguantar más, devoró la boca de Lyndie en un beso febril y se derramó dentro de ella. Su torso se convulsionó de placer y sus músculos se endurecieron con fuerza apenas contenida.

El silencio que siguió podría haber horrorizado a Lyndie. Pero, por el contrario, fue como un manto de paz que la envolvió en el sueño. Lo último que pensó mientras se acurrucaba entre los brazos de Bruce fue que podía acostumbrarse a dormir así, protegida por su fuerte abrazo y acunada por la lluvia que seguía cayendo sobre el tejado.

Despertarse a la mañana siguiente fue lo más duro que Lyndie había tenido que hacer en toda su vida. La luz del sol entraba por las cortinas de algodón de la habitación, y la lámpara de la mesilla de noche todavía estaba encendida. Junto a ella, las sábanas estaban frías y vacías.

Todo parecía un sueño, como un fuego reducido a cenizas.

Respiró hondo e intentó hacer acopio de valor. No sabía cómo iba a pasar el día. Ella no era de las que actuaban guiadas por un impulso, pero eso era precisamente lo que había hecho esa noche. Estaba sola y Bruce le había ofrecido consuelo. Ella había mandado al infierno la prudencia y había aceptado cuanto él le ofrecía. Ahora tenía que afrontarlo por más doloroso y humillante que le resultara.

A su modo de ver, tenía dos opciones:

podía fingir que no había pasado nada y comportarse como siempre, o podía admitir la intimidad que habían compartido esa noche y confiar en que él hiciera lo mismo.

Dejó escapar un gemido y deseó estar en otra parte. De pronto, Nueva Orleáns le pareció un lugar seguro y apacible. Ni siquiera Mitch parecía importarle tanto como antes. Ahora solo podía pensar en Bruce Everett. Y en qué iba a hacer respecto a él. Y en cómo salvarse.

Oyó que fuera Justin tocaba la campana para que montaran a caballo. Se había perdido el desayuno, pero no le importaba. De todos modo, no tenía mucho apetito.

Se obligó a salir de la cama, se puso el sujetador y las braguitas y se alegró de que no le quedara tiempo para darse una ducha. El olor que despedía su cuerpo era demasiado delicioso como para quitárselo con jabón. Se puso los vaqueros que usaba para montar y una camisa blanca y salió, intentando prepararse para lo que iba a encontrar.

—Ahí está. Ya tienes a Niña ensillada y esperándote —dijo Justin con una sonrisa.

Ella miró a su alrededor buscando a Bruce, pero no lo vio entre los jinetes. Susan le lanzó una mirada desdeñosa, pero Kim parecía encantada por poder cabalgar en cabeza, justo detrás de Justin.

—¿Dónde está nuestro temerario guía? —preguntó Roger mientras se dirigían a la cuadra.

—Esta mañana ha salido solo. Se fue antes de que amaneciera. Ya nos alcanzará por el camino. Como siempre —dijo Justin.

Lyndie se sintió aliviada por no tener que preguntar, a pesar de que las dudas seguían torturándola. Se preguntaba por qué Bruce se había ido solo y adónde, pero cuando llegaron a la encrucijada miró el camino prohibido y vio huellas frescas de cascos en el barro. Aquello despejó muchas preguntas.

Sintiendo frío de pronto se envolvió en su chaqueta de lana y procuró concentrarse en lo que iba diciendo Justin acerca de las bayas y de los osos a los que les encantaba comérselas. Pero era inútil. No dejaba de pensar en Bruce montado en su caballo, al borde del precipicio que se había tragado a Katherine. De pronto temió que lo ocurrido la noche anterior hubiera sido un error. Era absurdo liarse con un hombre que seguía llorando a otra mujer. Claro que, de todos modos, ella tenía poco futuro con él. Bruce era un buen chico de Montana, sencillo y testarudo, y ella era una empresaria del barrio francés de Nueva Orleáns obsesionada con su carrera. Vivían en dos mundos completamente distintos. Eran como el aceite y el agua.

—Qué callada estás esta mañana, tesoro —dijo Anette—. ¿Es que la salida de anoche te ha dado resaca?

Lyndie sonrió, a pesar de que tenía ganas de llorar.

—No, no tengo resaca. La verdad es que, al final, no bebimos casi nada.

—En casa y a la cama prontito. Así es como me gusta pasar a mí la noche —comentó Roger plácidamente.

—Sí. En casa y a la cama prontito —repitió Lyndie, y sintió que, a medida que se desvanecían sus palabras, también se disipaba su esperanza.

# Capítulo nueve

LYNDIE no estaba preparada para afrontar lo ocurrido la noche anterior. Su apasionado encuentro en la cama con Bruce aún la tenía sin aliento. Confundida y temblorosa, esa tarde acababa de beberse una taza de café en el comedor cuando Susan se sentó a su lado con el ceño fruncido.

—Quería decirte —comenzó Susan— que me ha sentado muy mal que te hayas burlado de mí delante de Bruce. Cuando hablé contigo y te confesé que estaba interesada en él ya estabais liados, y sin embargo me dejaste hablar. Espero que te hayas reído a gusto.

Lyndie sacudió la cabeza y se puso muy colorada.

—No estábamos liados. De veras. El beso de anoche sencillamente ocurrió. Ocurrió.

—Sí, ya. Pues permíteme decirte que, o me estás mintiendo a mí, o te estás mintiendo a ti misma, porque lo que yo vi anoche no fue cosa del azar. Que pases buena tarde, Lyndie.

Susan se levantó y se fue. Al verla marchar, Lyndie se dio cuenta de que tenía razón en una cosa: se estaba mintiendo a sí misma.

Era ridículo pensar que podía manejar a un hombre como Bruce. Él era demasiado independiente y aguerrido. Y en ese momento ella era demasiado vulnerable.

Se oyó el chirrido de las patas de una silla contra el suelo. Bruce se sentó a su lado a la mesa del comedor y la miró fijamente, estirando las piernas frente a él, con los brazos cruzados sobre el pecho. Tenía una expresión pétrea y el ojo morada le daba un vago aire de pirata.

—Tienes el ojo a la virulé —dijo ella, intentando parecer despreocupada.

Él torció la boca en una sonrisa.

—Ya sabes lo que suele decirse, ¿no? Deberías haber visto al otro tipo —ella sonrió, a pesar de que estaba deseando huir—. ¿Dormiste bien anoche? —preguntó él.

Las mejillas de Lyndie se sonrojaron cuando recordó las muchas veces que habían hecho el amor.

—Habría sido difícil no dormir bien después de tanto trajín.

Lyndie procuraba mantener un tono desenfadado, a pesar de que la noche que había pasado con él había sido una de las experiencias más perturbadoras de su vida. No quería mostrarse débil ante él. Si lo hacía, él cortaría y saldría huyendo, y ella no podría reprochárselo.

—Hacía mucho tiempo —confesó él, observándola fijamente.

—Sí. Insaciable. Creo que esa es la palabra que mejor lo describe —ella intentó reírse, pero su risa le sonó hueca incluso a ella. Miró a los ojos a Bruce y quedó atrapada por su mirada.

Él parecía exigirle la verdad, y Lyndie decidió intentar decírsela, a pesar de que empezaban a asustarle los sentimientos que Bruce le inspiraba.

—Yo... espero que no fuera solo cuestión de recuperar el tiempo perdido —balbució, y sintió desprecio por sí misma por aparecer tan vulnerable después de lo que le había pasado con Mitch.

—Fue algo más que un revolcón en el heno —turbada por su mirada, Lyndie apartó los ojos y deseó poder esconderse—. Deberías abrir una tienda aquí, en Mystery, ¿lo sabías? —dijo él—. Aquí vienen muchos turistas a esquiar y a pasar el verano. Seguro que te comprarían muchísimas cosas.

Ella se encogió de hombros.

—Apenas puedo apañármelas con dos tiendas. ¿Cómo iba a llevar una tienda aquí desde Nueva Orleáns?

—No, no es eso. Deberías llevar tus tiendas de Nueva Orleáns desde aquí —una emoción contenida pareció crispar su semblante—. Te aseguro que nunca me atrevería a decir cómo debes llevar tus negocios, pero creo que debes expandirte y…

—Eso pienso hacer. Por eso he aceptado que Hazel invierta su dinero. Pero tengo que devolvérselo, y pronto.

Sus problemas parecían crecer como un maremoto, ahogándola. Las palabras de Bruce sonaban de maravilla, pero ella no parecía capaz de encontrar la salida de aquella maraña financiera en la que se había metido. Además, para que se mudara a Montana tenía que haber una razón más importante que el dinero. Por amor estaría dispuesta a hacerlo. Pero jamás por dinero.

—No creo que pueda comprar otra tienda aquí cuando apenas puedo mantener las otras dos. No me saldrían las cuentas —no podía obviar el hecho de que el único modo de afrontar aquel riesgo era buscando otros apoyos; pero sola, arriesgándolo todo, no. Mudarse a Mystery podía acabar arruinándola por completo.

Una extraña rabia brilló en los ojos de Bruce.

—No quiero ponerme pesado, pero sé más de negocios de lo que crees. Y creo que sí te saldrían las cuentas.

El suspiro de Lyndie pareció resonar en cada rincón del amplio comedor forrado de madera. No quería discutir con Bruce, sobre todo sobre cuestiones tan áridas. Lo que realmente quería era que la tomara de la mano y la llevara a la cama. Hubiera dado cualquier cosa por olvidarse del mundo un poco más.

Desanimada, dijo:

—Te agradezco tu opinión, pero el negocio es mío y de nadie más. He de hacer lo que me parezca mejor. Y lo mejor es que vuelva a casa, a Nueva Orleáns.

Él se levantó con el semblante crispado.

—Puede que llegues a arrepentirte de esa conclusión precipitada, querida. En Nueva Orleáns no hay nada.

Lyndie notó que empezaba a dolerle la cabeza. No comprendía por qué sus conversaciones siempre se torcían.

—¿De veras? —preguntó—. ¿Y tú cómo lo sabes? Y, además, ¿qué tiene Mystery que ofrecerme?

Él achicó los ojos.

—¿Sabes qué? Acabo de darme cuenta de cómo eres en realidad. Eres tan altiva como lo era Katherine. No te conformas con un hombre trabajador. Quieres chaqués y champán, a pesar de que el whisky y los vaqueros te sentarían mejor.

—Oh, dejemos el whisky, por favor... —suplicó ella.

Él se quedó callado. Al final, dijo:

—Lo único que sé es que estoy harto de hacer de semental para mujeres como tú. La próxima vez que quieras sexo, señorita, tendrás que ir a buscarme a mi cama y serás tú quien me sirva a mí.

Le lanzó una mirada glacial y salió precipitadamente del comedor con el sombrero calado sobre los ojos. Lyndie se quedó mirando la puerta cerrada, aturdida y confusa. En el fondo se sentía culpable y triste. Y no podía sacudirse de encima la sensación de que acababa de perder algo que ni siquiera creía tener.

—La salida al monte Lookout es la primera excursión que vamos a hacer en la que pasaremos la noche fuera —Justin movió el carrusel del proyector de diapositivas. Estaba dándole una charla al grupo en el comedor, después del desayuno.

La mañana había amanecido soleada y con el cielo claro como el cristal. Incluso Lyndie estaba deseando salir a dar un paseo con Niña y disfrutar de aquel hermoso día.

—Esta —dijo Justin— es la zona. Como ven, los precipicios son bastante impresionantes. Solo os pedimos que os mantengáis alerta y dejéis que os guíe el caballo. Nuestras monturas están acostumbradas a transitar por estas montañas. Tienen un instinto muy fino.

Lyndie observó la diapositiva con escasa atención. El paisaje era precioso; la ruta sería sin duda una de las más bellas que habían hecho. Sin embargo, ella no podía evitar experimentar una sensación de temor sabiendo que tendría que pasar la noche de acampada con Bruce.

—Nosotros estamos un poco preocupados —dijo Roger detrás de ella—. Hemos oído que una mujer se mató en una de esas rutas.

Justin hizo una mueca. Incluso Lyndie se alegró de que Bruce no estuviera presente.

—Esa mujer se mató porque no le hizo caso a su caballo. Lo que os pedimos es que escuchéis lo que os dice vuestra montura. Si lo hacéis, no tendréis ningún problema. De todos modos, no iremos por el camino en el que murió Katherine, así que no tenéis por qué preocuparos.

—¿Es el que nunca tomamos cuando salimos a la Divisoria? —preguntó Kim.

Justin asintió.

—Ese camino está prohibido. Ahora ya sabéis por qué.

Un murmullo recorrió el pequeño grupo. Era una suerte que Bruce no estuviera allí, se dijo Lyndie, sabiendo lo impulsivo que era.

—No penséis que, por que vayamos a acampar, vais a pasar incomodidades —continuó Justin, mostrándoles una nueva diapositiva—. Se nos adelantarán varias personas con caballos que llevarán la comida y vuestras cosas. Al final del camino, tendréis la cena preparada, la tienda montada y el saco de dormir listo.

—¿Y no hay jacuzzi para remojar nuestros músculos entumecidos? —preguntó Anette.

Justin se echó a reír.

—Hacemos lo que podemos, señora. Jacuzzi no hay, pero tenemos una lata de café con agujeros y un trozo de lona muy grande. Si no les importa que uno de nosotros les eche el agua caliente por encima, incluso pueden ducharse.

—Oh, Dios mío —gimió Anette.

—Mi mujer no se duchará —proclamó Roger, rodeando a su oronda esposa con el brazo.

Esta vez, Lyndie también se unió a la carcajada general. Pero su sonrisa se heló al ver a Bruce. Al parecer, acababa de entrar.

Él miró a Lyndie como si entre ellos quedara algo que decir.

—Esta mañana la tenéis libre —anunció Bruce—. La tía abuela de Lyndie, Hazel McCallum, ha tenido la amabilidad de abrirnos las puertas de su rancho para que lo visitemos esta mañana. Quien quiera ir, que se lo diga a Justin.

A continuación se levantó la reunión. Todo el grupo decidió irse con Justin a visitar el Lazy M, excepto Lyndie. Conocía desde hacía muchos años el rancho de su tía abuela, y no le apetecía compartir con los otros a Hazel. Sobre todo, porque necesitaba desahogarse con ella.

Frustrada por no poderse ir a dar un paseo con Niña sin guía que la acompañara, decidió disfrutar de la mañana caminando. Se puso las botas y tomó el camino habitual que llevaba montaña arriba. Llevaba recorridos varios kilómetros cuando se dio cuenta de que había tomado el camino que conducía a la bifurcación. A pie, el lugar parecía distinto que a lomos de un caballo, pero al pasar entre una formación de álamos que le sonaba, se encontró frente al cruce.

Imaginaba que andando correría menos riesgos que a caballo. Además, tal vez no fuera tan peligroso ir a explorar, ya que no tenía que vérselas con los cambios de humor de su montura.

Sus pies parecieron tomar la decisión por ella. Echó a andar por el camino casi vertical hasta dejar atrás la bifurcación y perderla al fin de vista. Impelida a ver el lugar donde había muerto Katherine, siguió subiendo. A cada paso, la vista de la Divisoria resultaba más sobrecogedora.

Por fin llegó a un ensanchamiento del camino. Había un lecho de roca que miraba sobre las cumbres azuladas de las Rocosas. Se acercó al borde. El despeñadero tenía fácilmente cincuenta metros de profundidad. Nadie sobreviviría a una caída desde aquella altura. Pero el panorama de las montañas y el cielo era sublime. Lyndie permaneció allí largo rato. No quería abandonar la soledad de aquel nido de águilas. Una sensación de paz fluía sobre ella como la brisa que cantaba entre los álamos temblones, allá abajo.

Al darse la vuelta, se encontró ante el rostro furioso de Bruce Everett.

—La primera regla en el monte es no ir nunca solo —dijo él secamente, desmontando de su caballo.

—Lo... lo siento —balbució ella.

—Si te ocurriera algo aquí, ¿quién se enteraría? ¿Adónde irías a pedir ayuda?

—No lo he pensado. Solo quería saber qué había aquí arriba. Pensé que venir caminando sería más seguro que venir con Niña.

—Eso da igual. Podrías haberte caído y nadie sabía que estabas aquí —Bruce avanzó hacia ella—. No vuelvas a hacerlo. ¿Me oyes?

Ella asintió, con los ojos llenos de lágrimas. Suponía que Bruce tenía todo el derecho a reprenderla. A fin de cuentas, él era el responsable de los huéspedes del rancho, y doblemente en su caso, por ser ella la sobrina de Hazel McCallum.

—Supongo que me he dejado llevar por la curiosidad. Sé que nos dijisteis que no fuéramos a ningún lado solos, pero quería ver el lugar donde tu...

Apenas reconoció el grito estrangulado que surgió de su garganta. Bajo sus botas de montaña, el suelo estaba cediendo. Debía de haber juzgado erróneamente la solidez del lecho de piedra, que empezaba a desplomarse bajo ella. Paralizada por el miedo, miró el rostro crispado de Bruce y se preguntó si eso sería lo último que viera antes de precipitarse al vacío.

—Haz lo que yo te diga. Dame la mano —le ordenó él, tumbándose y arrastrándose hacia ella sobre el vientre como si ambos se hallaran sobre una fina capa de hielo, en vez de sobre terreno sólido.

Lyndie advirtió que había atado las riendas de su caballo a sus pantalones de cuero. De ese modo, si ambos caían al vacío, tal vez el animal pudiera arrastrarlos hasta terreno seguro.

Estremeciéndose de terror, Lyndie le dio la mano. Bruce la sujetó con fuerza mientras el terreno cedía bajo ella, centímetro a centímetro. El lecho de roca era tan frágil que ella no se atrevía a moverse por miedo a que se desplomara una sección más grande, arrastrándolos a ambos.

—No tengas miedo. Todo va a salir bien —dijo él con voz suave y firme. Luego, le ladró al caballo una orden y el animal comenzó a retroceder por la senda.

El lecho de roca desapareció bajo Lyndie. Ella gritó y sintió que la tierra cedía bajos sus piernas. Bruce le tiró violentamente del brazo y de pronto Lyndie se encontró de nuevo en el lado firme del camino. El caballo los arrastró varios pasos más antes de detenerse.

Ella miró aturdida a Bruce. Él le devolvió la mirada. Estaban los dos tumbados boca abajo. El polvo que había levantado el caballo al arrastrarlos les hacía daño en los ojos.

—Gracias —musitó ella casi sin aliento.

—Ha sido una idiotez venir aquí sabiendo que este camino estaba prohibido —gruñó él.

—Gracias —repitió ella como una idiota, incapaz de darse cuenta de nada, salvo de que estaba viva y de que Bruce la había salvado.

—Si fuera otro, te daría una buena tunda por tonta —ladró él.

—Gracias —dijo ella, echándose a llorar—. Me has salvado la vida. Me has salvado la vida —repitió.

Él se levantó y le tendió la mano para ayudarla a ponerse en pie. Solo entonces sintió Lyndie un dolor en el brazo. Hizo una mueca y lo retiró. Bruce le rodeó la cintura con el brazo y la ayudó a levantarse.

—Seguramente lo tendrás dislocado —dijo.

Ella dejó que la montara a lomos de su caballo y juntos bajaron cabalgando por la ladera de la montaña. Para aliviar su dolor, Lyndie se acurrucó contra el recio pecho de Bruce, como si quisiera enterrarse allí. En unos pocos segundos, toda su vida había cambiado. Y, más que cualquier otra cosa, habían cambiado los sentimientos que albergaba hacia el hombre que la sostenía. Ahora, Bruce era un gigante para ella. Su salvador. Su héroe. Nunca jamás volvería a encontrarse tan segura como entre sus brazos.

Y lo único que podía hacer era susurrarle «gracias» una y otra vez.

# Capítulo diez

—ESTÁ un poco aturdida. Le hemos dado algo para el dolor, pero puede llevársela a casa. Tendrá dolorido el brazo un par de días, pero nada más. Mañana mismo puede salir a cabalgar, si quiere.

El médico de urgencias revisó su portafolios y le indicó al enfermero que ayudara a Lyndie a levantarse de la camilla.

—Gracias, doctor —dijo Hazel, asintiendo.

Lyndie fue caminando hasta el todoterreno del rancho, negándose a aceptar el brazo de Bruce.

—No deberíamos haberte llamado, Hazel. Estoy bien —dijo, avergonzada a pesar de los calmantes que le habían dado.

—Tonterías —resopló la ganadera—. ¿Seguro que no quieres venir al Lazy M a recuperarte?

—No, no. De verdad, estoy bien. Volveré al rancho Mystery. Solo tengo el brazo un poco magullado —dijo Lyndie tercamente.

—Gracias a Dios que estás bien. Por lo que ha dicho Bruce, te libraste de una buena allá arriba. Y, créeme, él ha nacido y se ha criado en Montana. Nunca exagera. No le hace falta —añadió Hazel.

Lyndie ni siquiera se atrevía a mirar a Bruce. Estaba demasiado confundida.

—Él me ha salvado. Todavía intento comprender lo que pasó —balbució.

—Lo que necesitas es descansar. ¿Me oyes, señorita? Y nada de líos —exclamó y, resoplando, se dirigió a su Cadillac, que estaba estacionado en el aparcamiento del hospital.

Bruce ayudó a Lyndie a subir al todoterreno.

—Hazel está enfadada conmigo. Y tú también —dijo mientras salían del hospital—. Y tenéis todo el derecho. No sé por qué subí allá arriba —a pesar del aturdimiento de los calmantes, sabía lo que tenía que decir—. Nunca podré agradecerte lo suficiente que me hayas salvado la vida.

—Por favor, no lo digas más. No eres la primera que se mete en un lío en la montaña ni serás la última. Es lo normal.

—Y casi hago que tú también mueras —dijo ella con voz temblorosa por las lágrimas.

—Es usted una auténtica calamidad, señorita Clay. Te conozco hace unos días, y ya tengo un ojo morado, la tripa arañada y me han lanzado encima tantas maldiciones como para que me duren toda una vida —se desvió hacia la autopista y enfiló hacia el rancho Mystery—. Ahora, si no te importa, quisiera no oír nunca más las palabras «lo siento» de tus labios.

—Está bien. Lo sien... —ella se tapó la boca con la mano.

Bruce fingió no enterarse, y Lyndie se alegró de ello. El día había sido demasiado para ella. Ya ni siquiera podía pensar con claridad. Lo único que quería era meterse en la cama y dormir a pierna suelta.

Tomaron el desvío del rancho. El barracón apareció ante su vista. Lyndie casi pudo sentir que sus músculos se relajaban al pensar en la cama. Bruce paró el todoterreno y la ayudó a bajar y a entrar en el barracón. Ella abrió la puerta de su habitación y miró la cama, todavía revuelta. El recuerdo de la noche anterior la hizo sonrojarse.

—¿Quieres pasar? —le preguntó, volviéndose hacia él.

Pero Bruce no estaba allí. Ya se había montado en el todoterreno y se dirigía a la salida del rancho, hacia algún lugar desconocido. Y Lyndie no tenía fuerzas para seguirlo.


Esa noche, más tarde, Hazel se sentó en un taburete de la barra forrado de cuero. Miró al hombre sentado junto a ella y encorvado sobre un whisky.

—Katherine pasó a mejor vida, hijo —dijo, indicándole al camarero que les pusiera otra ronda.

Bruce miró su vaso e hizo girar el líquido dorado.

—Lo sé, Hazel, pero estaba pensando que estoy muy cansado. Cuando Lyndie estuvo a punto de morir allá arriba, algo dentro de mí se rompió. No creo que pueda volver a mantener una relación estable con una mujer.

—Pues merodear por la ciudad el resto de tu vida no es la respuesta. En algún momento de su vida un hombre necesita una mujer. Fundar una familia. Tener un hogar. Tú has tenido una racha de mala suerte, Bruce, pero al salvar a Lyndie eso cambió, ¿es que no lo entiendes?

—Lo único que ha cambiado soy yo —dijo él, resoplando—. Lyndie se me ha metido bajo la piel, pero no podría soportar pederla como perdí a Katherine. Y el único modo de asegurarse de eso es mantenerme alejado de ella. Lo que no se tiene, no se puede perder.

—Salvar a Lyndie ha sido el remedio para esa culpa que arrastrabas, ¿es que no lo ves? —dijo Hazel, implorante.

—Lo único que veo es el vaso de whisky que tengo delante. Y lo único que voy a sentir son los muslos de la próxima mujer con la que me acueste. Y de los de la siguiente, y de los de la otra.

Hazel lo miró fijamente. La frustración que sentía arrugaba su hermoso rostro. Empujó su vaso de whisky hacia el camarero y se bajó del taburete.

—Nunca antes había tenido que admitir la derrota, hijo, pero esta vez me has vencido. No puedo obligarte a comprender nada si estás empeñado en seguir ciego —se acercó a la puerta y le lanzó una última mirada—. Tienes mucho dentro de ti, Bruce Everett. No lo eches todo a perder por culpa del miedo. A todo el mundo le hacen daño alguna vez —con esas, salió de la taberna y unos minutos después partió a toda velocidad en su Fleetwood canela y negro.


Lyndie no volvió a ver a Bruce hasta dos días después. Ella y el resto de los huéspedes se habían internado en las colinas en dirección al monte Lookout cuando vieron que Bruce bajaba por el camino hacia ellos. Había guiado a los porteadores que iban por delante para establecer el campamento, y luego había desandado el camino para conducir al grupo hasta el lugar elegido para acampar.

Bruce se puso en cabeza de la expedición. Dirigió a Lyndie una leve inclinación de cabeza y condujo al grupo hacia la Divisoria y el pico aserrado del monte Lookout.

Asombrada porque, después de lo que les había pasado, él la tratara de pronto con aquella frialdad, Lyndie intentó varias veces trabar conversación con él, pero no lo consiguió.

Después de la comida, Susan se puso en segundo lugar en la fila, y Lyndie se ofreció a ir en la retaguardia. Él pareció animarse desde ese momento. Susan y él se rieron a carcajadas cuando una liebre salió de un salto de entre los chaparros y cruzó el camino como una bala.

Tras ellos, Lyndie los observaba con tristeza. Le dolía el brazo. En realidad, tenía todo el cuerpo dolorido, pero nada podía igualar el dolor que sintió al darse cuenta de hasta qué punto se había enamorado de Bruce y de lo frío que se mostraba él con ella.

Llegaron al campamento mucho antes del anochecer. Desde la cresta del monte, las Rocosas se desplegaban ante ellos y sus picos nevados resultaban tan incitantes como un helado en verano.

El viento atravesaba los huesos. Habían acampado por encima de la línea de los árboles y a pesar de que era junio en el valle de

162

Mystery, allá arriba, en lo alto de las montañas, el verano era subártico.

Unos cuantos copos de nieve comenzaron a caer cuando se montó el puesto de la comida y los filetes comenzaron a chisporrotear en la parrilla. La tienda de Lyndie tenía ya una reluciente película de polvillo blanco sobre el nailon amarillo verdoso.

La cena transcurrió en silencio. Los vaqueros permanecieron callados. Lyndie ni siquiera vio a Bruce. Roger y Anette, cansados del viaje se retiraron temprano a su tienda. Solo Susan y Kim permanecieron junto a la hoguera con Justin, bebiendo una botella de vino tinto. Sus risas sacaban de quicio a Lyndie.

Se levantó y les deseó buenas noches. En la tienda tenía una novela de suspense de su autor favorito, Robert Ruthven. Imaginaba que el libro y la luz de la linterna serían mejor compañía que la alegre camaradería del grupo.

Mientras se alejaba, vio la silueta de un vaquero más arriba, en la cara de la montaña. Estaba sentado junto a su tienda y su hoguera, mirando sombríamente las llamas. Era Bruce.

Lyndie lo observó un momento, sin saber si debía aproximarse a él. Quería decirle muchas cosas, pero ¿sería capaz de encontrar las palabras adecuadas? Lentamente subió por la pendiente de basalto. Él levantó la vista y la miró acercarse.

—Me...me voy mañana —balbució ella, casi sin aliento por el ascenso—. Solo quería decírtelo —sin moverse, él la miró desde debajo del ala de su sombrero—. Me sacaste de un buen lío en el que me metí yo sola como una estúpida. Me acordaré de ti. En muchas sentidos... —su voz se desvaneció e inesperadamente comenzó a llorar.

—Siéntate —le ordenó él.

Ella hizo lo que le decía y se sentó frente a él, al otro lago del fuego.

—¿Tienes hambre? —preguntó él.

Ella se encogió de hombros y vio que él estaba asando un pedazo de filete pinchado en la punta de un palo. Cuando estuvo casi negro, se inclinó hacia ella y se lo ofreció. Ella tomó el palo, pero este pesaba más de lo que parecía. Le dolía demasiado el brazo para sujetarlo y lo dejó caer al fuego.

—¡Ya lo he estropeado! —se lamentó.

—Hay más. Mañana los coyotes te darán las gracias —la observó—. Todavía te duele el brazo, ¿eh? —ella asintió—. Espero que tengas cuidado con el equipaje.

—Para eso están los carritos —dijo con una sonrisa, deseando desesperadamente que sus últimos momentos juntos no estuvieran cargados de reproches—. Intenta que alguien me cuente cómo acaba la estancia del grupo —se frotó la mano dolorida—. Voy a acordarme mucho de todos vosotros. Estaré deseando saber cómo resultan las cosas.

—Todo saldrá de perlas, no te preocupes.

—Oh, no me preocupo —esbozó una sonrisa trémula. El tono helado de Bruce la afectaba más de lo que deseaba admitir—. Sé mejor que nadie lo capaz que eres —dijo, y al instante empezó a parlotear—. Supongo que lo que quiero saber es si Roger y Anette se compran de verdad un par de caballos, como dicen que quieren hacer. Y si Justin y Kim siguen viéndose cuando ella vuelva a Los Ángeles. Y si Susan... —luchó por continuar—. Quiero saber qué pasa con ella. Es una chica estupenda.

—Sí.

De pronto, ella se sintió sola e indeseada. Se levantó para que él no viera sus lágrimas y le tendió la mano.

—Adiós, por si no te veo mañana.

Él se levantó. A la luz vacilante del fuego, su rostro permanecía en sombras y su expresión ilegible.

—No vamos a acabar así —dijo él con voz rasposa—. Con un apretón de manos, eso seguro.

—Entonces, ¿cómo? —preguntó ella, de-

165

seando irse para que no la viera llorar.

—Así.

La tomó de la mano y la llevó a su tienda. De pie junto a la entrada, puso ambas manos en la cara de Lyndie y le dio un largo beso. Ella gimió, deseando más, a pesar de que al mismo tiempo temía avivar las llamas y temía el dolor y la soledad que la esperaban.

—Esto no hará más fácil la despedida —dijo casi sollozando cuando Bruce se apartó.

—Entonces, no pienses en ella.

Bruce se agachó y entró tras ella.

Fuera, el fuego crepitaba y proyectaba sombras sobre el nailon de la tienda. Dentro, él la cubrió con su cuerpo y pasó la lengua por el hueco sensitivo de la base de su garganta.

—No puedo quedarme aquí —dijo ella, suplicante, mientras él le enjugaba las lágrimas y le besaba las mejillas.

—Hace frío. Quédate y caliéntate.

Lyndie lo vio quitarse la chaqueta polar y los vaqueros. Sabía que, si se quedaba allí, su corazón pagaría las consecuencias. Pero, mientras permanecía acurrucada al calor del saco de dormir de Bruce, el último lugar donde quería estar era fuera o sola en su tienda.

Bruce se inclinó sobre ella. Sus manos se deslizaron sobre la ropa de Lyndie formulándole preguntas silenciosas. Ella contestó en silencio mientras él la desnudaba poco a poco. Bruce le quitó la camisa y le besó el brazo, demorándose largamente en las marcas que habían dejado sus dedos al intentar salvarla.

—¿Esto está mal? —preguntó ella cuando Bruce los cubrió a ambos con el saco de dormir.

Él no respondió. No hacía falta. En lugar de hacerlo, su lengua exploró la boca de Lyndie y luego siguió bajando por su cuerpo y la lamió como si estuviera llena de miel. Una larga y dulce sensación de éxtasis se apoderó de ella hasta que, agarrando a Bruce de la cabeza, le suplicó que siguiera y siguiera. Él alzó la cabeza y la besó en la boca, mezclando sus esencias para formar solo una: una que era exclusivamente de ellos dos.

Erecto y caliente, su falo era como un hierro de marcar sobre el vientre de Lyndie y obligaba a esta a desear más y más, hasta que se perdió en él, quizá para siempre.

Bruce la colocó a horcajadas sobre él y empezó a acariciarle los pechos. La llenó hasta que ella dejó escapar un gemido, y él gruñó animándola a montarlo tan rápida y furiosamente como si montara a un cimarrón.

El orgasmo les llegó de pronto, inesperadamente. Primero a ella, como un lento derretirse que la debilitó y la hizo desplomarse sobre el pecho de él. Luego a Bruce, en un fuerte espasmo, mientras con las manos se aferraba a las caderas de Lyndie y se hundía dentro de ella con todas sus fuerzas.

Al final, Lyndie sintió que los músculos de Bruce se relajaban entre sus suaves muslos. El resplandor crepuscular del placer fue aposentándose lentamente como una nevada hasta que, insaciable, él la buscó de nuevo medio adormilado y comenzó a musitarle palabras de amor. Ella gimió. Sin permitir que el mundo se entrometiera, comenzaron aquella danza otra vez.

# Capítulo once

—**E**STOY enamorada de él —le dijo Lyndie secamente a Hazel mientras su tía abuela la llevaba en coche al aeropuerto—. Estoy enamorada de él ¿y para qué? Para nada —añadió amargamente mientras el Cadillac rodaba.

—Lyndie, querida, yo siempre les digo a mis chicas que hay que tener agallas, no anhelos —Hazel la observó un momento y luego volvió a mirar la carretera—. Pero, en tu caso, niña, creo que mejor los anhelos. No te vendrá mal un poco de fe.

Lyndie se hundió en el asiento y se frotó el brazo dolorido.

—Ni siquiera me ha dicho adiós. Levantamos el campamento y no volví a verlo.

—No quería que te fueras. Seguramente estará dolido.

Lyndie hizo girar los ojos y observó el profundo verdor que cubría el valle en verano.

—Somos demasiado distintos, Hazel. Yo soy una mujer de negocios y él un vaquero. En cierta ocasión hasta me sugirió que llevara la tienda desde Mystery. ¿Has oído alguna

169

vez una cosa más absurda?

—Oh, sí, muchas. ¿Por qué te parece tan absurdo vivir aquí? —dijo la ganadera frunciendo el ceño.

—Esto es maravilloso. Pero yo lo único que tengo en la vida es mi negocio, y no pienso arriesgarlo más solo por perseguir a un vaquero que tiene mujeres a patadas en Mystery... ahora que ha decidido volver a las andadas —Lyndie sacudió la cabeza.

Hazel lanzó un soplido.

—Ya te lo he dicho. Un buen hombre, una buena tormenta de nieve y una buena botella de vino es todo lo que se necesita para...

—Lo intentamos anoche. Créeme. Y él ni siquiera tuvo la decencia de despedirse —Lyndie se irguió en el asiento y se tragó las lágrimas—. Me marcho, Hazel. Ha sido un experimento delicioso, pero ahora que se ha acabado puedo proclamar sin ambages que ha sido un auténtico fracaso.

Hazel no supo qué decir. Guardo silencio el resto del viaje hasta el aeropuerto. Cuando abrazó a Lyndie junto a la puerta, dijo:

—Tienes que tener más fe, querida. A veces la vida te da un vaquero cuando lo que quieres es un hombre de negocios. Así son las cosas.

Lyndie agarró su carrito y le lanzó a su tía abuela una triste sonrisa.

—No quiero ni a uno ni a otro. Solo quiero devolverte tu dinero y seguir con mi vida.

Besó a Hazel y se dirigió al avión.


El viaje en avión de regreso a Nueva Orleáns había sido el más largo que Lyndie había hecho nunca. Llorar en público no le hacía ninguna gracia, así que se había enjugado las lágrimas en todos los aseos y, en cada escala, había intentando endurecer su corazón.

Era mejor así, se había dicho entonces y seguía diciéndose ahora, casi un mes después. No tenía sentido pensar siquiera en vivir con Bruce Everett. Había quedado claro que ellos eran como el aceite y el agua. Lyndie aún se reía ante la idea de vivir en una cabaña de dos habitaciones en la parte de atrás del rancho de vacaciones Mystery.

Por desgracia, así era el amor, y cada vez que se reía fríamente al pensar en una vida de penurias en Mystery, sentía una profunda y amarga melancolía que ninguna mansión del mundo podría disipar. Aunque estuviera dispuesta a vivir en una cabaña diminuta con Bruce, él había puesto punto y final a su relación al no despedirse. Estaba claro que no la quería. Los hombres enamorados corrían tras su chica en las estaciones de tren. Ella lo había visto en las películas. Bruce sabía perfectamente dónde estaba el aeropuerto de Mystery. Y no había aparecido por allí.

Así que eso era todo, se dijo mientras masticaba una galleta salada sentada a su mesa en la trastienda de su establecimiento del barrio francés y revisaba sus libros de cuentas. Otra vez. La presión de tener que devolverle su dinero a Hazel no le causaba dolores de cabeza: le daba náuseas.

Cuando el teléfono sonó, estuvo a punto de pegar un brinco, tan enfrascada estaba en sus pensamientos.

—Todo por Milady —dijo cansinamente.

—¿Querida? ¿Hablo con mi sobrina nieta preferida? Parece que estás echa polvo.

Lyndie sonrió al oír la voz de Hazel.

—¡Hazel! ¿Qué tal van las cosas por Mystery? Tengo un cheque para ti. La mitad del préstamo.

—¿Un cheque?

—Sabes perfectamente a qué cheque me refiero. El de la MDR Corporation.

—Ah, ese —Hazel se comportaba como si intentara recordar una deuda de dos dólares—. No te molestes ahora con eso. Llamaba para decirte que quiero que vengas a pasar el fin de semana. Solo estaremos nosotras. Los árboles están cambiando de color. Nunca habrás visto Mystery tan bonito.

Lyndie sonrió.

—Ojalá pudiera, pero tengo que devolverte el préstamo y... y a decir verdad ahora mismo no quiero ver a cierto hombre. No podría soportarlo.

—Bruce se ha convertido en una especie de ermitaño malencarado. Alguna debería pegarle un tiro o casarse con él.

—Pues ha tenido muchas oportunidades —dijo Lyndie, sintiendo que el corazón se le encogía.

—Nunca lo había visto así. Cuando te rescató, se liberó de su culpa y al mismo tiempo quedó perdido, sin saber adónde ir.

—Yo le diré adónde puede irse —dijo Lyndie.

Hazel se echó a reír.

—Aquí hay muchas que también están dispuestas a hacerlo, querida. Pero lo que quiero decir es que ha vuelto a ponerse en hibernación como si quisiera encontrarse a sí mismo. Yo esperaba que...

—No quiero meterme en eso. Lo siento, Hazel. Te quiero mucho, pero ya he tenido bastante.

—Solo será este fin de semana. Podemos hablar de negocios, aclarar lo de ese préstamo...

—Voy a mandarte el cheque por mensajero esta misma noche.

—¡No! Querida, eres la McCallum más

testaruda que he conocido nunca. Por el amor de Dios, eres peor que yo. Hará falta mano dura para domarte. Ahora escúchame, puedes traer el cheque en persona si quieres...

Lyndie no pudo disimular un suspiro.

—No puedo, Hazel. De verdad. Si fuera solo por el dinero, podría, pero la verdad es que hace una semana que no me encuentro muy bien. No podría volar en este momento.

—Ah —Hazel pareció desconcertada, como si no hubiera contado con eso.

—Entonces, ¿qué te parece si te mando el cheque? —Lyndie quería volver a hablar de negocios y olvidarse de Bruce Everett.

—No me mandes nada. Parece que tendré que ir yo a hacerte una visita. Te quiero, querida. Te llamaré cuando sepa cuándo llego.

Lyndie quedó desconcertada ante la apresurada despedida de Hazel, pero no tuvo tiempo de pensar en ello porque enseguida volvió a sonar el teléfono de su mesa. Descolgó el aparato.

—Hola, doctor Feldman.

Su amable sonrisa fue desapareciendo lentamente de su cara mientras escuchaba al doctor. Empezó a notar un escozor en los ojos.

—Bueno, gra...gracias por llamar... —tartamudeó—. E...estoy segura de que, cuando se me pase la impresión, estaré encantada.

Volvió a colgar el teléfono y miró alucinada hacia la tienda. A través de la puerta entreabierta de su despacho, el espejo de fuera le devolvió su imagen y, con un dolor semejante a un cuchillo que le atravesara el corazón, Lyndie se dio cuenta de que la lencería que la rodeaba era absolutamente inapropiada para la ocasión... o tal vez cruelmente adecuada. Ella ya no necesitaba ligueros de encaje negro, ni almohadillados sujetadores rosas. No, las futuras mamás necesitaban sonajeros y patucos de angora.

Aquella idea la sacudió como un huracán devastador, dejándola emocionalmente arrasada. Iba a tener un hijo. No había duda. Y tampoco había duda de que era de Bruce.

Al pensar en ello empezó a llorar desconsoladamente. Ahora, por más doloroso que fuera, por más que deseara que aquello se acabara, Bruce Everett estaría siempre vinculado a ella. A diferencia de Mitch, al que había conseguido expulsar de su vida por obra de un contable y un abogado, Bruce y el amor que sentía por él permanecerían para siempre gracias a aquel bebé.

Lyndie apoyó la cara entre las manos y siguió llorando. La llamada del médico la había dejado completamente fuera de juego.

Pensaba que tenía la gripe o una infección gastrointestinal, pero era el embarazo lo que le provocaba las náuseas.

Estaba embarazada.

Lentamente dejó caer la cabeza sobre el montón de papeles que había sobre la mesa. Recordó una y otra vez que habían hecho el amor sin tomar precauciones. Ahora ella iba a pagar las consecuencias de su imprudencia. Nunca se había imaginado como una madre soltera, pero eso iba a ser si Bruce prefería no participar en la crianza de su hijo.

El siguiente paso era ir a Montana. Tenía que ver a Bruce. No podía decírselo por teléfono.

Sin embargo, no sabía si podría soportar verlo de nuevo. Llevaban semanas sin verse ni hablar. Tal vez él tuviera ya novia estable, una auténtica vaquera de Montana perfecta para él. Tal vez la noticia de su embarazo le destrozara la vida. Pero ella tenía que prepararse para cualquier posibilidad, por muy terrible que fuera, aunque todas ellas le destrozaran el corazón.

—¿Estás bien, tesoro? —preguntó Vera, la dependienta de la tienda, cuando entró en la trastienda a buscar unas cosas.

Lyndie alzó la cabeza y se enjugó las mejillas llenas de lágrimas. No sabía cómo iba a arreglárselas, pero estaba segura de que quería aquel hijo tanto como quería al padre.

—Sí, estoy bien, Vera. Pero acabo de enterarme de que tengo que irme de viaje. ¿Crees que podrás llevar la tienda en mi ausencia? —se sorbió la nariz y se frotó los ojos enrojecidos.

—Llevo años haciéndolo. Claro que me las apañaré. Tal vez necesites otras vacaciones, ¿eh? —Vera la observó atentamente—. Las últimas te dejaron peor que cuando te fuiste.

Lyndie se acercó a la puerta y miró la tienda. Varios clientes miraban las hileras de sujetadores de seda que acababan de llegar para la temporada de otoño. En el escaparate había colgada una bata de finísima seda de color marfil.

—¿Puedes sacar esa bata del escaparate, Vera? Voy a llevármela. Pon en su lugar los camisones negros con bordados rosas.

—Claro, enseguida —Vera le lanzó una extraña mirada.

Lyndie nunca se había llevado de la tienda más que las prendas más cómodas y prácticas, pero ahora las cosas habían cambiado. Ella había cambiado. Iba a ser madre y tenía que afrontar una nueva vida. Dejando a un lado su corazón roto, tenía que decirle a Bruce la dolorosa verdad. Después, solo podría contener el aliento. Si podían arreglar las cosas entre ellos, se sentiría eternamente agradecida. Pero si no, en fin, seguiría luchando por ella misma, por el bebé y por el hombre que amaba.

De modo que iba a volver a Montana.

# Capítulo doce

AL día siguiente, todavía cansada, Lyndie inspeccionó la tienda nueva que acababa de abrir en el distrito de Garden. Había comprado un billete de avión para un vuelo nocturno a Denver. Allí pasaría la noche y volaría a Mystery por la mañana. Solo le quedaba llamar a Hazel para decirle que al final iba a aceptar su invitación. Sin embargo, no había sido capaz de levantar el teléfono. No podía soportar la idea de que su tía abuela empezara a hacerle preguntas. Sobre todo, algunas que prefería contestar cara a cara.

Desde el amplio escaparate delantero de la tienda, observó los robles que esparcían por el suelo las pocas hojas que perdían en otoño. Una suave brisa disipaba los últimos calores del verano.

Los pensamientos de Lyndie bogaron hacia el norte. Se preguntó qué aspecto tendría el valle de Mystery bajo el manto del otoño, recorrido por el aire helado que hablaba entre susurros de nieve y cobijo al amor de la lumbre.

—¿Cuánto tiempo vas a estar fuera esta

vez? Dios mío, ojalá fuera yo jefa —se lamentó Annie, que acababa de ser ascendida a encargada del nuevo establecimiento.

—Uf, ser jefa es un infierno, de verdad —Lyndie le lanzó una débil sonrisa—. Según tú me tomo muchas vacaciones, pero la verdad es que nunca descanso. Estoy trabajando todo el tiempo, dándole vueltas a la cabeza, y es horroroso.

—Si tú lo dices —replicó Annie con buen humor.

Lyndie se echó a reír. Se consideraba afortunada por contar con empleadas tan leales como Annie.

—Solo tengo que revisar unos cuantos pedidos y luego tomaré un taxi para ir al aeropuerto. Espero no estar fuera más que un par de días —se frotó el vientre plano casi inconscientemente.

—Si necesitas algo, dímelo —dijo Annie, acercándose a atender a una mujer que acababa de entrar en la tienda.

Lyndie llevaba menos de un cuarto de hora en la trastienda cuando Annie entró en ella.

—Aquí vienen muchos hombres buscando regalos, pero te juro que ninguno puede compararse con el espécimen que acaba de entrar.

—Eso está muy bien. Haz que flirtee un

poco contigo, así se gastará aún más dinero porque se sentirá culpable por haber coqueteado con la dependienta —dijo Lyndie, soltando una risita diabólica.

—Dice que quiere ver un conjunto de sujetador y braguitas en color bayo. ¿Te suena ese color? No quiero parecerle tonta.

Lyndie la miró sorprendida. De pronto se acordó de Niña, la yegua. Se preguntó qué tal estaría.

—Bayo es un color crema tirando a dorado —Lyndie frunció el ceño—. Creo que tenemos un conjunto de un color parecido en el pedido de Nueva York. Lo sacaré para que lo pongas en la exposición antes de irme.

—Gracias —Annie alzó las cejas—. Me vuelvo a la tienda. No quiero que ese tío bueno se vaya sin mi número de teléfono.

Lyndie sacudió la cabeza y entró en el almacén para buscar la caja. Encontró el conjunto que estaba buscando. Tomó unos cuantos, entró en la tienda y los dejó sobre el mostrador.

—Creo que este color se parece bastante al bayo. ¿Qué talla usa su novia? —le preguntó al hombre que estaba de espaldas a ella, mirando una camisola de seda que sostenía Annie.

Él se dio la vuelta. A Lyndie se le paró el corazón. Debería haber reconocido el sombrero negro de vaquero, pero en el sur los hombres llevaban a menudo sombreros como aquel.

Claro que también debería haber reconocido aquellos anchos hombros. Debería haberse dado cuenta de que era Bruce Everett solo por el olor y la carga eléctrica que crepitaba en el aire.

—Hola —Lyndie dejó el sujetador y las braguitas que se disponía a colgar.

—Hola, Lyndie —dijo Bruce con una mirada extrañamente cálida.

Annie se quedó pasmada. Al darse cuenta de que Lyndie conocía a aquel hombre, murmuró una excusa apresurada y se fue al almacén para dejarlos solos.

—¿Qué te trae por aquí? —preguntó Lyndie, cautelosa.

—Tú. He venido a verte. Para decirte que... —titubeó. Su semblante pareció crisparse.

Lyndie no se había dado cuenta hasta ese momento de cuánto añoraba su hermoso rostro.

—¿Para decirme qué? —preguntó con firmeza.

—Para decirte que siento un gran alivio por haberme librado al fin de Katherine. Para decirte que es fantástico hacer borrón y cuenta nueva y sentirse libre. Hizo falta que te salvara en la montaña para que ese fantasma desapareciera.

Sus palabras la decepcionaron extrañamente.

—Podrías haberme escrito una nota. No
hacía falta que vinieras hasta aquí para decirme eso —dijo con reproche—. A fin de
cuentas, podrías haber salvado a cualquiera.
No hacía falta que fuera yo.

—Pero fuiste tú.

Ella miró a su alrededor, intentando mantener una actitud distante.

—¿Cómo has sabido dónde estaba la tienda? —preguntó.

—Me lo dijo Hazel.

Ella asintió.

—Así que por eso me llamó ayer. De tu
parte.

Él dejó escapar un soplido de fastidio.

—No he visto a Hazel desde que se acabó
la temporada en el rancho Mystery. La verdad es que solo he hablado con ella esta
mañana, por teléfono.

—Qué extraño. Yo iba a irme esta tarde a
ver a Hazel. Me llamó e insistió en que me
fuera a pasar unos días con ella. Supongo
que llamó de tu parte.

—Yo puedo ocuparme de mis propios
asuntos… igual que tú de los tuyos, según
me dijiste, ¿recuerdas?

Ella no contestó. Se limitó a alzar una ceja.

Él parecía molesto y enojado.

—Lo que venía a decirte es que lamento que las cosas se nos escaparan de las manos de ese modo —comenzó él—. No me di cuenta de lo paralizado que estaba por la muerte de Katherine hasta que apareciste tú. Era mi deber llevarte al aeropuerto, pero de pronto me di cuenta de que no podía hacerlo. Después de lo que pasó en la montaña, me sentí vacío. Necesitaba ordenar mis ideas.

Lyndie sintió que sus heridas volvían a abrirse. Bruce le estaba diciendo que no la quería y, por alguna extraña razón, sentía la necesidad de decírselo personalmente. El momento no podía haber sido más inoportuno y cruel.

—Repito —dijo ella— que todo eso podías habérmelo dicho por carta. No hacía falta que vinieras hasta aquí para decírmelo personalmente.

—Quería que lo supieras.

Ella comenzó a enfadarse.

—Pues considera el mensaje recibido. En ningún momento sentí que faltaras a tus deberes. Hazel me habría llevado al aeropuerto de todos modos, así que da igual —ella lo observó atentamente, asombrada todavía por su presencia en la tienda.

La frustración de Bruce pareció aumentar.

—Lo que quería decirte es que lo lamento. Lamento que te vieras implicada en lo que me pasó con Katherine y lamento que... En fin, lamento todo lo que pasó.

Era horrible sufrir una y otra vez el mismo rechazo, pero por alguna razón eso era lo que siempre acababa ocurriéndole a Lyndie. Bruce lamentaba haberse liado con ella, lamentaba que hubieran hecho el amor y haberla enredado en sus tribulaciones mientras él aún se debatía con el fantasma de Katherine.

Le dieron ganas de llorar y de reír al mismo tiempo. Sin duda había pasado el momento de hablarle de su futuro hijo. Él le había dejado brutalmente claro que no la quería, de modo que no había necesidad de hablarle del bebé ni de echarle un nudo alrededor del cuello.

Casarse con un hombre al que quería y que no la correspondía le parecía más espantoso que la peor de sus pesadillas.

—Bueno, me alegro de que te hayas liberado de ese peso. Y te aseguro que no me paso la vida pensando en ti. Considero el tiempo que pasamos juntos una relación sexual pasajera y nada más.

Le pareció ver un destello de dolor en los ojos de Bruce, pero no quiso dejarse llevar por la esperanza. Se sentía demasiado expuesta y vulnerable como para hacerle preguntas cuyas respuestas no deseaba oír.

Los ojos de Bruce recuperaron su frialdad. Su mandíbula se tensó.

—Me alegro de que no te haya causado molestias.

Ella lo miró fijamente y apenas logró pronunciar sus siguientes palabras:

—Estoy bien, de verdad. Pero tengo que tomar un avión. Hazel me espera.

Él se apartó para dejarla pasar. Lyndie agarró su bolso de viaje y el maletín de su ordenador portátil. Tras despedirse de Annie, se marchó para tomar el taxi que la estaba esperando. Bruce se quedó observándola hasta que desapareció de su vista.

En el taxi, Lyndie intentó tragarse las lágrimas. Aquella despedida parecía haber destrozado todo cuanto sentía. Todo, salvo sus sentimientos hacia el hijo de Bruce.

Ya que no podía disfrutar del amor, se conformaría con su fruto.

En lugar de llamar a Hazel, Lyndie decidió alquilar un coche y darle una sorpresa, si ello era posible dado su estado de ánimo.

Cruzó con el sedán blanco las puertas del Lazy M alrededor de las cinco de la tarde del día siguiente. El Cadillac de Hazel estaba delante de la casa, en la glorieta. Por lo menos su tía abuela estaba en casa, pensó Lyndie, aparcando el coche alquilado junto al de Hazel.

—¡Cielo Santo! ¡Pero qué ven mis ojos! —exclamó Ebby cuando abrió la puerta.

Hazel, que estaba sentada a su escritorio, en la biblioteca, levantó la vista de sus papeles. Lyndie la vio por entre las puertas de nogal con las gafas de leer encaramadas sobre la nariz.

—¡Pero bueno! —Hazel se levantó y se acercó a Lyndie.

Se dieron un abrazo. Y Lyndie advirtió la expresión preocupada de Hazel. Ella podía engañar a Bruce, pero a su tía abuela no había quien la engañara.

—¿Qué ha pasado? —preguntó Hazel.

Lyndie se apartó de ella y sacudió la cabeza.

—Nada, que necesitaba un descanso. Te lo contaré cuando me encuentre un poco mejor. ¿Te importa que vaya a mi habitación y me eche un rato?

Hazel pareció comprender. Le dijo a Ebby que llevara una bandeja a la habitación de invitados y acompañó a Lyndie.

Mientras deshacía la maleta, Lyndie logró decir al fin:

—Bruce ha ido a verme a Nueva Orleáns.

187

En realidad, yo estaba a punto de salir hacia el aeropuerto cuando se presentó en la tienda. Supongo que habrá ido a la ciudad a alguna convención de ganaderos, porque lo que me ha dicho no merecía la pena el viaje.

—¿Y qué te ha dicho? —preguntó Hazel, yendo como siempre al grano.

—Me ha dado las gracias por ayudarlo a superar la muerte de Katherine —Lyndie se encogió de hombros. La asombraba lo fría y dura que se estaba volviendo. Ya no le apetecía llorar. Se le habían helado las lágrimas.

—Bruce te quiere, Lyndie. Nunca he visto a dos personas que se complementen tan bien como vosotros. No fue a Nueva Orleáns por ninguna convención. Fue a verte —le informó Hazel.

—¿Cómo estás tan segura? ¿Te lo dijo él?

Hazel vaciló.

—Bueno, a decir verdad, no he hablado mucho con él desde que te fuiste. Se había encerrado en el rancho y no había modo de hablar con él. Los trabajadores del rancho decían que estaba más huraño que un oso. Ayer me llamó para preguntarme dónde estaba tu tienda, y se lo dije, imaginándome que iba a mandarte unas flores o algo así.

—Entonces, no sabes si me quiere —Lyndie dejó el montón de jerseys que acababa de sacar de la maleta—. En mi opinión

188

dejó muy claro lo que había significado para él nuestra relación cuando me pidió disculpas por todo. Por todo, eso dijo, lo cual es muy elocuente.

—¡Ay, esta juventud! No sabéis ni lo que decís. Cuando vuelva Bruce, voy a sacarle la verdad aunque...

—No —dijo Lyndie con firmeza—. Es muy importante para mí que no se sienta presionado, Hazel. No necesito un hombre hasta el punto de tener que ponerle una pistola en la cabeza para llevarlo al altar —hizo una pausa, eligiendo cuidadosamente las palabras—. Creo que el amor es lo que hace que funcione el matrimonio. Y eso no puede forzarse.

Hazel vaciló.

—Va a venir a verte, ¿lo sabes, verdad? —dijo finalmente Hazel.

—Pues que venga. No hay razón para que no seamos amigos.

Al pronunciar la palabra «amigos», la fría bola de lágrimas que tenía en su interior se fundió. No quería ser amiga de Bruce. Quería ser su pareja, su amante, su esposa, la madre de sus hijos. Lo último que quería ser era su amiga.

—Haré que te traigan un plato de mi estofado casero. No tienes buen aspecto, querida, y quiero que descanses —Hazel la abrazó—.

Puede que sea una vieja tonta, pero no pienso desistir.

—No quiero que intervengas, Hazel —Lyndie le sostuvo la mirada—. Es muy importante para mí, ¿comprendes?

—Está bien, no haré nada —Hazel alzó las manos.

Lyndie apartó a un lado los jerseys y se tumbó en la cama. De pronto, se sentía exhausta. Hazel la miró con preocupación.

—He de decirte, querida, que Bruce Everett es un hombre que siempre consigue lo que quiere. Y si te quiere a ti, tendrás que rendirte.

Lyndie cerró los ojos.

—Si me quiere a mí, lo demuestra muy mal.


Un día después, Hazel recorrió en el Cadillac el camino pedregoso que llevaba al molino. Como imaginaba, vio la solitaria figura de un hombre de pie junto a la noria, mirando el agua que vertían las aspas.

Bruce levantó la mirada al oír el coche. Hazel no se detuvo en preámbulos. Salió del coche, cerró la puerta con fuerza y se acercó a él con decisión.

—No sé por qué, pero tengo la sensación de que esto tiene algo que ver con tu sobrina

—dijo él, mirándola fijamente.

—Lo sabes muy bien —dijo Hazel, irritada—. ¿Se puede saber qué le has hecho?

—Nada, salvo darle dinero para su negocio, vigilarla día y noche y obligarla a quedarse en el rancho cuando quería marcharse a casa. Ella me usó a mí como si fuera un semental, y ¿ahora vienes tú a preguntarme que qué le he hecho?

Hazel comprendió que su estupor era sincero y quedó desconcertada.

—La MDR Corporation hizo una buena inversión en la tienda —comenzó a decir.

—¿Ella todavía cree que fuiste tú quien le dio el dinero? —Hazel asintió—. Y también cree que el rancho Mystery es tuyo y que yo no soy más que un vaquero muerto de hambre. Y ahora ¿cómo voy a decirle la verdad sin pensar el resto de mi vida que se casó conmigo por mi dinero y no por lo que sentía?

Hazel resopló.

—Menudo lío. Sois una calamidad. Ella me ha hecho prometer que no iba a entrometerme, así que no puedo encerraros a los dos en una cabaña hasta que admitáis que os queréis.

—Lyndie me dijo que nuestra relación solo había sido una aventura sexual pasajera. No sé si alguna vez podrá quererme —Bruce tomó una piedra y la lanzó al agua.

—Bueno, yo le dije que no me entrometería, y no pienso hacerlo —sus ojos se achicaron—. Pero te diré una cosa, y tómatelo como quieras. Los dos tenéis que descubrir qué sentís, y olvidaros del mundo y del dinero. Lo mejor que podrías hacer sería raptarla, llevártela a la casa de caza de tu padre en el monte Mystery y no dejarla salir hasta que lleguéis a un acuerdo —Hazel se dispuso a marcharse—. Eso es lo único que tengo que decirte, ¿me oyes? No voy a interferir, y si Lyndie pregunta si fue idea mía, pienso negarlo. Me sentiría orgullosa de tenerte en la familia McCallum, hijo, pero tienes que comportarte como un McCallum e ir tras lo que quieres.

Bruce la miró fijamente.

Hazel se alejó en el Cadillac, asombrada al pensar en la resolución que había advertido en los ojos de Bruce.


El remolque de los caballos se detuvo frente a la casa del rancho hacia las ocho de la mañana del día siguiente.

Lyndie se levantó al oír el jaleo y miró por la ventana. Fuera esperaban Niña y el caballo de Bruce, ensillados y listos para marchar.

—¿Pero qué…? —musitó, atándose la bata

de franela alrededor de la cintura.

—Creo que se ha vuelto loco —dijo Ebby con la vista fija en la ventana del salón.

—¿Qué estará tramando? —preguntó Lyndie.

—Dice que tienes que salir a montar con él en cuanto te levantes. Hazel no me había dicho nada.

—¿Dónde está Hazel? —dijo Lyndie, exasperada.

—Se ha ido a Billings, a una feria de ganado. Dijo que si hacía mal tiempo se quedaría hasta mañana.

Lyndie oyó que la puerta principal se abría y que sobre el suelo de roble resonaban las botas de un vaquero. Bruce apareció en la puerta con una expresión impaciente en el rostro.

—¿Ya estás levantada? —preguntó. Ella asintió—. Pues vístete. Tenemos por delante una marcha de dos horas montaña arriba.

—Yo no he dado mi consentimiento para esto. Le dije a Hazel...

—Hazel no tiene nada que ver con esto. Soy yo el que lo ha decidido, y he dicho que nos vamos a la montaña.

Lyndie tenía ganas de quedarse y regañar con él, pero no tenía energías suficientes. En lugar de hacerlo, fue a vestirse y se tomó una taza de té y algunas galletas.

—¿Lista? —él sonrió al verla aparecer en el pasillo.

—No recuerdo que me hayas pedido permiso para esto. Supongo que sabrás que, si me obligas a ir contigo, técnicamente será un secuestro y, por lo tanto, un delito federal —ella alzó una ceja, mirándolo fijamente.

Él se encogió de hombros y sonrió.

—Claro. Lo sé perfectamente. Y si cuando volvamos quieres llamar a los federales y presentar cargos, te prestaré mi teléfono. Pero ahora vámonos.

Lyndie salió tras él y dejó que la ayudara a montar en la yegua. Antes de que se diera cuenta, dejaron atrás el Lazy M y se dirigieron al norte, hacia el monte Mystery.

Había muchas cosas de las que tenían que hablar, pero por alguna razón a Lyndie no le apetecía hablar de nada. En aquel hermoso paseo a caballo entre álamos dorados y lagunas alpinas que reflejaban el azul del cielo, no tenía prisa por sufrir un nuevo rechazo y dejó que el apacible paisaje calmara sus nervios rotos.

Una hora llevó a otra y pronto llegaron ante una casita de piedra situada al abrigo de una profunda hoz del monte Mystery. Lyndie pensaba que no iban a parar, pero Bruce desmontó enseguida y sujetó a Niña para que ella se apeara.

—¿Qué es esto? —preguntó Lyndie—. ¿Conoces a los dueños?

—Mi padre construyó esta casa. Le gustaba venir aquí cuando necesitaba pensar o cuando mi madre y él querían escapar un rato de sus hijos. Creo que te dije que éramos muchos.

—Es precioso —dijo ella.

—Vamos, entra.

Ella vaciló y luego abrió la desvencijada puerta. Un fuego crepitaba en el hogar y en la mesa había un ramo de algodoncillos silvestres metido en una lata de café. No había nadie en casa.

Asombrada, Lyndie entró en la habitación. En un rincón había una cama de madera de pino cubierta con varios edredones hechos a mano. Sobre la cabecera colgaba un cuadro de punto de cruz que decía: *El hogar se encuentra allí donde está el corazón.*

—La casa es mía ahora. Mis padres han muerto.

—Lo siento —dijo ella.

Él la miró fijamente.

—¿Te gusta?

—¿Vives aquí? —preguntó ella, asombrada.

—Aquí no hay electricidad, ni teléfono, ninguna comodidad. Nada, más que la belleza del paisaje.

Ella empezó a apaciguarse. Si Bruce la quería, ella sería capaz de vivir en aquella casita con él, sin hacerle preguntas. Pero ante todo tenía que haber amor.

—Está bien, me rindo. ¿De qué va todo esto? —preguntó finalmente—. Si no es cosa de Hazel sino tuya, ¿qué es lo que pretendes decirme?

Bruce se acercó a ella y le pasó un brazo alrededor de la cintura. Lyndie tuvo que admitir que su contacto era como una droga de la que no podía desengancharse.

—Te he raptado y te he traído aquí para podamos empezar de nuevo —sus ojos parecían oscurecidos por la preocupación—. Sé que piensas que lo nuestro fue solo algo pasajero, pero para mí fue algo más. En cuanto te vi, me sentí atraído por ti. Me di cuenta de que necesitaba estar contigo por muchas razones y, cuando te fuiste a Nueva Orleáns, comprendí que tenía que ir a buscarte y traerte de vuelta.

—Pero ¿por qué? —preguntó ella, conteniendo el aliento.

—Porque te quiero. Quiero casarme contigo. Quiero tener un montón de críos como mis padres. Y quiero irme a la tumba habiendo amado únicamente a una mujer.

Ella lo miró fijamente, preguntándose si estaba soñando. Le parecía imposible que

Bruce sintiera aquellas cosas y ella no se hubiera dado cuenta. Pero estaba despierta y las palabras de él eran claras como el día.

—¿Crees que podrás aguantar mi amor toda la vida, nena? —musitó él con expresión insegura.

Ella apenas podía creerlo. ¡Bruce la quería! Se había equivocado respecto a él: no era un vulgar conquistador... ¡La quería!

Aturdida, balbució:

—Yo...yo nunca creí que pudiera confiar en otro hombre. Después de la traición de Mitch...

Bruce la atrajo hacia sí y le besó el pelo.

—Eso ya pasó, nena. Aquí, en Montana, hay un mundo completamente nuevo para ti.

—Mitch mató algo dentro de mí. Nunca pensé que pudiera volver a sentir nada.

—Lo sé —respondió él, apartándole el pelo de los ojos llorosos.

Ella lo miró a los ojos.

—Pero ahora siento. Siento plenamente otra vez —sollozó—. Y tú eres quien me ha devuelto eso. Tú. Solo tú.

—Entonces, ¿te casarás conmigo?

Ella se echó a reír entre lágrimas.

—Sí, sí, sí —repitió, llorando—. Supe que te amaba cuando hicimos el amor en tu tienda. Entonces comprendí que no quería volver a Nueva Orleáns, que podía trasladar la tienda a Mystery si quería, pero pensé que no tenía sentido. Si tú no me querías, yo no tenía nada que hacer aquí. Y no sabía qué sentías porque... te volviste tan frío...

Él esbozó una agria sonrisa.

—La culpa es algo terrible contra lo que luchar. Lo siento. Me costó algún tiempo aclarar lo que había ocurrido entre nosotros y el porqué. Pero cuando lo comprendí, supe lo que tenía que hacer.

Él la besó con todo el alma y Lyndie sintió que la llevaba hacia el lecho de pino. Bruce se sentó, la atrajo hacia sí y comenzó a desabrocharle lentamente la chaqueta. La respiración de Lyndie se aceleró. El deseo se avivó dentro de ella, y de pronto se sintió inmensamente feliz por estar a solas con el hombre al que amaba. Dulcemente dijo:

—No es por cambiar de tema, pero ¿crees que podríamos poner electricidad aquí, al menos cuando lleguen los niños? Ya sabes que podría ser antes de lo que pensamos y...

—Vamos a empezar ahora mismo con el primero.

Ella se llevó inconscientemente la mano a la tripa.

—He de darle un buen susto, señor Everett. Creo que en ese sentido vamos bastante adelantados.

Él se quedó inmóvil y luego la miró como si de pronto le hubieran crecido alas y se hubiera transformado en un ángel.

—¿Lo dices en serio? —preguntó.

Lyndie sintió de pronto que el miedo aleteaba dentro de ella. Pero ya era demasiado tarde para dar marcha atrás.

—Sí, completamente en serio. Tenemos menos de nueve meses para pasar por la vicaría, pero a mí de todos modos nunca me han gustado esas grandes bodas que hay que preparar durante meses. Con una ceremonia corta y bonita delante del juez de paz me vale. Espero que no te importe.

Él echó la cabeza hacia atrás y rompió a reír.

—No, cariño, eso no me importa en absoluto. Créeme.

Y ella lo creyó.

# Capítulo trece

LA tarde del día siguiente, el Cadillac canela y negro de Hazel se detuvo en la glorieta del Lazy M. Hazel apenas había tenido tiempo de salir del coche cuando Ebby salió corriendo para darle la noticia.

—Bruce le ha pedido a Lyndie que se case con ella. Ahora mismo están en el pueblo, eligiendo el anillo.

La ganadera no se molestó en ocultar la expresión de su rostro, que parecía decir: «¡Lo sabía!». Su sonrisa le hizo parecer diez años más joven.

—Tienen que celebrar la boda aquí —Hazel se llevó las manos a las mejillas—. ¡Hay que darse prisa! No hay que perder ni un segundo. Tienen que casarse antes de Navidad. Así, cuando llegue el bebé...

—¿El bebé? —Ebby parecía a punto de desmayarse.

Hazel se encogió de hombros.

—No estoy del todo segura, pero yo apostaría a que Lyndie está embarazada. Así que, manos a la obra. Cuesta mucho trabajo organizar una boda en unas pocas semanas. Hay que avisar al párroco, organizar el banquete, conseguir la carpa...

Hazel se dio la vuelta y vio que la vieja camioneta roja de Bruce entraba en el rancho. Lyndie iba sentada al lado de él, como si ya fueran una pareja casada.

Hazel sonrió de oreja a oreja.

—¡Ya me he enterado de la noticia! —gritó—. Y pensar que esta es la primera boda en la que no tengo nada que ver...

Bruce ayudó a Lyndie a bajar de la camioneta. Hazel la agarró de la mano izquierda y miró el anillo con un diamante solitario que su sobrina llevaba en el dedo anular.

—En mi opinión se ha gastado demasiado —dijo Lyndie—. Me temo que necesitaremos el dinero para ampliar la casa para nuestro... eh... para nuestro pequeño invitado —Bruce sonrió—. Pero lo primero es lo primero —Lyndie buscó en su bolso y sacó un sobre—. Antes de que aumenten mis deudas, quiero devolverte el préstamo que me hiciste —le dio el sobre a Hazel—. Esto es para la MDR Corporation. Es la mitad. La otra mitad te la devolveré cuando desmantele las tiendas de Nuevas Orleáns.

Hazel miró el sobre y luego a Bruce. Lyndie los miró a los dos, confundida. Bruce la rodeó con el brazo.

—Cariño, creo que será mejor que te quedes con ese cheque. La MDR Corporation no es de Hazel. Es mía.

Desconcertada, Lyndie observó su cara y luego se volvió hacia Hazel.

—Es verdad, querida —confirmó Hazel—. La MDR es la empresa del rancho de vacaciones Mystery. Que, por cierto, también es de Bruce.

—Pero yo siempre he pensado que era tuyo —exclamó Lyndie.

—Tú siempre has dado por sentado que yo estaba detrás de todo. Pero en realidad no era yo, sino Bruce.

Lyndie le apretó la mano a Bruce y se volvió hacia él.

—Pero, si tienes el rancho, ¿por qué vives en esa casita en el monte Mystery?

Él sacudió la cabeza y esbozó una sonrisa de disculpa que sorprendió a Lyndie.

—Ya te dije que mis padres la usaban cuando querían alejarse de todo, y yo también. Pero, cariño, tengo un viejo rancho a unos cientos de kilómetros de aquí, con una casa con sitio suficiente para diez críos. En verano dirijo el rancho para turistas solo porque me gusta. Sigo las evoluciones de mi ganado a través de Internet. Que es como tú vas a dirigir tus tiendas cuando traslades tu sede aquí.

Asombrada, ella dijo finalmente:

—Pero apenas me conocías cuando la MDR me prestó el dinero. ¿Por qué te arriesgaste tanto por una desconocida?

Él miró a Hazel. La ganadera le guiñó un ojo.

—He de admitir —dijo él— que tu tía abuela me había hablado mucho de ti.

—Sí, Hazel y sus enredos —dijo Lyndie en tono de reproche.

—¡Eh, a mí no me eches la culpa! —protestó Hazel, sonriendo.

—Pero cuando llegaste —continuó Bruce, mirando a Lyndie—, me di cuenta de que era una gran oportunidad. Era una inversión sin riesgos. Demonios, si hasta me gustó el nombre de tus tiendas.

—¿Te refieres a Todo por Milady?

—Sí —contestó él, sonriendo, y le dio un beso—. Pero debo confesar que yo las llamó «Todo por mi Lyndie».

La semana siguiente, la *Gaceta de Mystery* publicó esta nota de sociedad:

*El acaudalado ganadero de Montana Bruce Everett se ha casado con la señorita Melynda Clay, de Nueva Orleáns, en una ceremonia privada que se celebró en el rancho de Hazel McCallum, tía abuela de la novia. La señorita Clay lució un antiguo vestido de raso azul. Tras la luna de miel, que consistirá en un crucero en barco de vapor por el Mississippi, la pareja fijará su residencia en Mystery, donde va a establecerse la nueve sede internacional de Todo por Milady, la cadena de tiendas de lencería de la novia.*

Hazel leyó y releyó la noticia mientras Ebby le servía una copita de jerez de sobremesa.

—Creo que nunca he visto un novio más feliz —comentó Ebby.

La ganadera dejó el periódico y tomó la copita de jerez.

—Brindemos por una nueva pareja feliz en Montana.

Ebby se sirvió otra copita y la entrechocó con la de Hazel.

—¿Significa eso que vas a abandonar tus buenos oficios de casamentera? —preguntó.

—¿Se me descarrían a mí las terneras en una ventisca? —los famosos ojos azules de Hazel brillaron—. Los McCallum siempre buscamos nuevos territorios, Ebby. Lo llevamos en la sangre.

Ebby hizo girar los ojos y se fue a llevar las copas a la cocina para acabar de fregar los platos.

—El Oeste fue colonizado haces cien años —dijo—. Ya no quedan territorios por descubrir.

Hazel contestó a su espalda:

—Te equivocas, Ebby. El territorio más grande de todos se extiende ante nosotros.

El ama de llaves se paró en seco.

—¿Y qué territorio es ese?

Hazel sonrió para sí.

—El del amor, naturalmente.

FICTION.

BOSTON PUBLIC LIBRARY

3 9999 05357 978 3

FICTION

4/05